BESTIA BRUTALE

LEE SAVINO

TABITHA BLACK

CAPITOLO EXTRA ESCLUSIVO!

BESTIA BRUTALE

Solo un'omega può salvare la Bestia...

Un tempo ero un magnifico principe, con un futuro pieno di promesse. Poi una maledizione si è abbattuta sui miei genitori. Ho fatto tutto il possibile per salvarli.

Ho fallito.

Ora sono un mostro, pieno di cicatrici e pericoloso. Rimango nell'ombra, a governare il mio regno da lontano, temuto da tutti coloro che lotto per proteggere.

I miei sudditi si tengono lontani da me e dal mio castello infestato. Ma una donna testarda si rifiuta di ascoltare gli avvertimenti: un'omega di nome Rose.

È venuta a chiedere il mio aiuto.

Non la lascerò mai andare via.

AVVERTENZE SUL CONTENUTO:

I libri del Pianeta dei Re sono storie dark sull'omegaverso con tematiche adulte. Leggeteli a vostro rischio e pericolo.

A Judy.
Non potremo mai ringraziarti abbastanza.

1

BESTIAN

Sogno un'omega. È minuscola rispetto a me, come lo sono tutte le omega. È fragile ed elegante, con la pelle e gli occhi scuri; i capelli sono una morbida aureola castana intorno alla testa. Un fuoco nascosto brilla tra i piccoli riccioli: sono i gioielli luminosi che ha alle orecchie e tra i capelli. Il suo profumo mi avvolge, mi attrae, risveglia il mio bisogno di alfa. Sono passati anni dall'ultima volta che ho annusato un'omega. Non ce ne sono più nel mio regno.

C'è solo lei, la mia regina. La attiro tra le mie braccia. È un attimo divaricarle le cosce e affondare in lei. Trema, aprendosi a me lentamente, accettando il mio membro.

È la prima volta che penetro un'omega, inebriato del suo soave effluvio di fiori di luna. Il suo profumo mi induce a imporre il mio dominio. I miei muscoli si tendono mentre spingo in profondità. Lei geme, allarga le gambe e lo prende tutto. I suoi umori cominciano a sgorgare tra di noi, mentre il suo inebriante profumo mi infervora ancora di più.

Il mio nodo si gonfia. Presto la riempirò di sperma fino a farla traboccare intorno al mio uccello. Nella bocca, i miei canini sono affilati come pugnali. È il momento di marchiare la mia preziosa omega. Lei mi apparterrà; le nostre anime saranno legate per sempre. Il mio potere sarà suo e lei sarà per sempre mia. Inarca il collo per il morso, pronta a farsi reclamare da me, e in quel momento la vedo: la Morte Rossa.

L'eruzione cutanea si diffonde sulla pelle, vesciche scarlatte che deturpano la sua bellezza come un fuoco rosso che crepita su una collina lussureggiante, lasciando cenere e distruzione sulla sua scia. Le sue labbra si screpolano e il suo sguardo si spegne. Sta morendo proprio davanti ai miei occhi, soccombendo alla stessa maledizione che ha portato via i miei genitori.

E io non ho il potere di fermare tutto ciò.

Il mio ruggito risuona, facendo tremare il castello in rovina dalle fondamenta. Piove polvere dalle travi. Per quanto tempo ho dormito? Quand'è stata l'ultima volta che ordinato ai *sussurri,* i miei magici servitori del vento, di pulire qui dentro?

È il momento, bisbiglia qualcosa dentro di me. *Preparati.*

Mi strofino il viso, sfiorando con le dita le dure creste della mia pelle piena di cicatrici. Un tempo ero bello. Un tempo ero amato sia dai miei sudditi sia dai miei genitori. Quando ero molto più giovane, avevo speranze per il futuro. Sognavo di trovare una compagna: la mia omega perfetta, quella che ero nato per rivendicare.

Ora non ho più nulla. Non ci sono più omega su Ulfaria. E se la maledizione è tornata...

Non posso fermarla. Non ho alcuna speranza, solo un castello vuoto e un volto devastato, e il ricordo di un sogno.

ROSE

Vengo svegliata di soprassalto da un ruggito che mi rimbomba nelle orecchie. Scruto nella penombra, ma non vedo nulla. Gli unici suoni sono gli scricchiolii degli alberi fuori dalla mia finestra e i timidi trilli delle creature, simili a lucertole, che stanno sui rami e cantano come uccelli.

Sarà accaduto nel mio sogno. Ho sognato di trovarmi in un castello in rovina, con piante rampicanti e fiori che sbocciavano nell'oscurità circostante. Una brezza mi scompigliava le gonne, spingendomi in avanti verso... qualcosa? Qualcuno? Una grande forma al centro di una sala da ballo polverosa: una statua o una figura così immobile che avrebbe potuto esserlo. Era umanoide, ma enorme. Sulla Terra sarebbe stato un gigante. Qui su Ulfaria sarebbe un alfa, più grande di qualsiasi altro che abbia mai visto.

Al ricordo, la mia pelle formicola, e mi strofino il viso. Era solo un sogno.

Sul letto soffia un vento fresco, che butta all'aria la coperta. In qualche modo, nella notte, la finestra si è aperta. Salto su per chiuderla, ma si impiglia in un rampicante. Mentre dormivo, un viticcio verde-argenteo si è arrampicato sul lato del cottage di Ma e si è infilato all'interno.

È un'erbaccia che cresce velocemente. Mi piacciono le piante – a casa mia direbbero che ho il pollice verde – ma alla flora di Ulfarri bisogna prima abituarsi.

Spingo via il rampicante e chiudo la finestra. Sembra che altre piante striscianti siano cresciute su questo lato del cottage. Troverò il tempo di tagliarle più tardi. Ma saprà perché cresce così velocemente.

Un'altra strana pianta aliena su questo strano pianeta alieno. Sempre la stessa storia.

Slego i capelli e mi scrollo le trecce; poi indosso una blusa e una gonna larga. Tutto è in stile boho chic-contadino da queste parti. Almeno ho dei buoni stivali robusti. Per indossarli, aspetto di essere uscita dalla mia stanza e di aver attraversato in punta di piedi il corridoio che passa davanti alla camera di Ma. La sua porta è chiusa. Di solito si sveglia prima di me. Sollevo la gonna e scendo le scale scricchiolanti. Ieri sera Ma non si sentiva bene. Voglio lasciarla dormire.

Il suo cottage è piccolo per gli standard di Ulfarri, poco più di una capanna. Ma per me è bello e spazioso, soprattutto rispetto al mio angusto appartamento newyorkese. Su questo pianeta tutto è sovradimensionato. Ma – l'Ulfarri che mi ha accolta – è considerata piccola, ed è più alta di me. E io sono alta un metro e sessantacinque. Sulla Terra facevo la modella.

Mi metto a impacchettare le fiale e i sacchetti di erbe che abbiamo passato tutta la settimana a preparare. Da queste parti, le pozioni di Ma sono considerate delle medicine. Ce ne sono abbastanza per riempire due ceste. Saranno scomode da trasportare, ma posso farcela. Per una mattina, posso cavarmela da sola al mercato e lasciare che Ma dorma. È il minimo che possa fare, dopo tutto quello che lei ha fatto per me.

Le devo molto di più.

Quando cerco di aprire la porta d'ingresso del cottage, questa si blocca. Metto giù i cestini e provo a forzarne l'apertura con una spallata.

Dei rampicanti neri e spessi sono cresciuti in tutto il gradino. Ieri non c'erano. Devono essere spuntati durante la notte. Li colpisco con lo stivale. Prima il viticcio alla finestra, ora questi.

Ne sposto qualcuno a forza di calci fino a quando non riesco ad aprire di più la porta, e raschio via gli altri. Faccio più piano che posso, ma una tosse affannosa riecheggia giù per le scale.

"Rose?" Ma mi sta chiamando dalla sua camera da letto. La voce stridula mi fa trasalire.

Alla faccia dell'uscita di soppiatto... Torno verso le scale e le dico: "Scusa per il baccano, Ma". Non è mia madre, ma, quando mi ha accolto, ho pensato bene di abbreviare in *Ma* il suo nome completo, Matron Marphel. "Torna a dormire".

"Vai al mercato?"

"Ti avevo detto che ci sarei andata. Visto che ieri sera non ti sentivi bene, speravo che stamattina avresti dormito fino a tardi. Torno presto".

"Va bene". Sembra così debole che esito, improvvisamente preoccupata al pensiero di lasciarla da sola.

"Sei sicura di non volere che ti prepari un po' di tè, prima di andarmene?". Mi volto troppo in fretta e faccio cadere a terra un fascio di foglie secche di *dola*. Rimetto il fascio caduto accanto agli altri. Abbiamo raccolto le foglie di *dola* la settimana scorsa e ora riempiono il cottage con il loro ricco profumo di erbe, un incrocio tra salvia e origano.

"No, bambina. Sono sicura che mi alzerò tra un attimo. Posso prepararmi il tè da sola".

"Dovresti riposare".

"Starò bene. Non dimenticare il mantello".

"Tranquilla". Mi avvicino all'appendiabiti, faccio la linguaccia al mio pesante mantello e lo prendo dal gancio. Era troppo sperare che Ma si dimenticasse e che potessi lasciarlo a casa. L'aria del mattino è fresca e immobile, ma quando il sole sorgerà farà caldo e io starò lì sudare con il cappuccio alzato.

"Ricordati: se vedi qualche alfa...".

"Se vedo degli alfa, tengo la testa bassa. Non li guardo negli occhi. Non parlo con loro", prometto. Tanto gli alfa non comprano mai nulla al nostro banchetto.

"E hai preso la medicina?".

"Certo", dico prima di ricordarmi che stamattina me ne sono dimenticata. Oh, vabbè. L'ho presa ieri. E la prenderò prima di tornare. Una dose con qualche ora di ritardo non farà poi male.

"Bene". Dalla voce, Ma sembra sollevata. Il senso di

colpa mi trafigge. È patologica sulla strana pozione che mi fa bere ogni giorno. E sull'evitare gli alfa. "Ricorda: non parlare con i soldati", non fa che ripetere. "Stai lontana da quelli".

Beh, avevo intenzione di dare una pacca sul sedere a uno di loro, ma, ora che me l'hai ricordato due volte, non lo farò. Trattengo la battuta sarcastica. Ma è quanto di più vicino a una famiglia io abbia su questo pianeta alieno, e per lei sono disposta a ridimensionare la mia maleducazione di ragazza newyorkese.

Inoltre, la gente qui non capisce l'ironia; il che è semplicemente fantastico. L'ironia è il mio superpotere.

Per sfizio, prima di tornare alla porta, afferro un grosso coltello da cucina inguainato e lo allaccio alla cintura. Se Ma è così preoccupata per gli Alfa, forse faccio bene a portare un'arma. Peccato che lei non abbia uno spray al peperoncino alieno.

Con un manico delle ceste su ogni spalla, mi avvio lungo il sentierino che mi porterà alla strada principale per il mercato, con gli avvertimenti di Ma che ancora mi risuonano nelle orecchie.

I soli stanno sorgendo nel cielo – sì, i soli, al plurale – e si preannuncia una giornata calda. Una brezza soffia, facendo svolazzare la mia gonna. È una bella sensazione, ma, quando sono ormai prossima al villaggio, tiro su il cappuccio sopra le trecce.

Di questo passo, quando avrò finito al mercato, sarò tentata di spogliarmi di tutto e immergermi nel fiume vicino. L'ho già fatto in passato, ma solo di notte. Ma non approva che faccia il bagno nuda. "Non è sicuro", mi rimprovera. "Potrebbero esserci delle pattuglie alfa nelle vicinanze".

È patologica nei confronti degli alfa. Però ne è consapevole.

Qualche mese fa mi sono svegliata sulla riva di un fiume

senza avere la minima idea di dove mi trovassi e nemmeno di *chi* fossi. So il mio nome, la mia età e di tanto in tanto ho dei flasback; ma, per il resto, niente. Anche quei pochi ricordi non sembrano miei. A volte, guardando il mio riflesso nel fiume o nella bacinella, mi rivedo allo specchio mentre un truccatore mi applica sul viso un ombretto con brillanti sfumature blu pavone per una sfilata di moda. Ricordo che incedevo sulla passerella indossando modelli stravaganti, ma le impressioni sono sbiadite. Come spezzoni del filmino di uno sconosciuto, scorci di un'altra vita.

Ma era fuori a raccogliere erbe quando mi trovò. Ero vestita con una leggera camicia da notte, stordita, spaventata a morte e più assetata di quanto ricordassi di essere mai stata. Quando la vidi per la prima volta – una donna ridicolmente alta, dall'aspetto anziano, con una pelle rugosa color malva ricoperta di macchie blu reale e con indosso un mantello – pensai di avere le allucinazioni. Ma era così gentile. Mi diede qualcosa di fresco e dolce da bere, mi avvolse nel suo mantello e mi portò nella sua capanna.

E fu così che venni a sapere che mi trovavo nel regno di Medela, sul pianeta Ulfaria. Un altro maledetto *pianeta*! Non sappiamo come sia arrivata qui, né perché. Secondo Ma, sono fortunata che sia stata lei a trovarmi e non una truppa di alfa.

Non mi ha mai detto perché è così paranoica riguardo agli alfa e all'eventualità che mi si avvicinino. La maggior parte degli alfa di queste parti sono soldati di pattuglia e non mi sono mai sentita minacciata da loro. Certo, sono enormi e tendono a grugnire più che a parlare, ma a parte questo...

La società qui su Ulfaria è fondamentalmente divisa in tre gruppi principali: gli alfa, i beta e le omega. Gli alfa sono più grandi, più forti e fottutamente fertili, secondo Ma (anche se lei non usa proprio queste parole). Sono quasi sempre maschi, dominanti e abituati a ottenere ciò che vogliono. Tutti i re di questo pianeta sono alfa, così come tutti i soldati e i guerrieri. I beta costituiscono la maggioranza della popolazione, anche se non so se le cose siano sempre state così o se sia così solo ora perché le omega sono rare o inesistenti. In ogni caso, i beta possono fare praticamente tutto, a parte diventare re, ma non possono generare prole agli alfa. Solo le omega possono farlo. Ma dice che anche le omega sono fottutamente fertili, sebbene, anche in questo caso, lei usi un linguaggio diverso.

E poi ci sono io. Un'umana. Una straniera in una terra sconosciuta.

Davanti a me, sul sentiero, è di guardia un gruppo di soldati. Per entrare nel villaggio, devo superarli. Penso proprio che siano degli Alfa, perché sono una spanna più alti di tutti gli altri, che sono già trenta centimetri più alti di me.

Stringo ancora di più il cappuccio per nascondere il viso e fisso gli occhi a terra. È ora di mettersi al lavoro. Prima venderò la nostra merce, prima potrò tornare a casa da Ma.

2

ROSE

NON IMPIEGO MOLTO tempo per vendere tutte le pozioni e polveri alle erbe di Ma. Gli abitanti del villaggio conoscono la nostra bancarella e molti hanno ordini fissi che ritirano regolarmente. Oggi la maggior parte di loro si avvicina lentamente, guardandosi intorno per cercare Ma, ma la loro diffidenza svanisce quando li informo che sta solo riposando. Prendono i loro acquisti e se ne vanno, senza fare chiacchiere.

In tutto il mercato, sono di guardia dei giganteschi alfa. Non ne ho mai visti così tanti prima d'ora. Di solito è facile evitarli, ma oggi sono ovunque. Meno male che Ma non è qui, altrimenti mi farebbe nascondere sotto il banco.

Devo convincerla a dirmi perché gli alfa la spaventano così tanto. Non ho indagato perché ho come l'impressione che ci sia sotto un trauma. Sono più grandi e più cattivi di tutti gli altri, e tutti si muovono con cautela intorno a loro, non solo Ma.

Un trio di mercanti passa davanti al mio stand. Uno di loro agita le mani e dice in tono acceso: "E ora il re si aspetta una decima. Ai tempi di suo padre...".

L'amico dell'oratore gli dà una gomitata, richiamando la

sua attenzione sul gruppo di guardie in piedi accanto alla fontana. Le guardie lo guardano male e lui abbassa le mani, ingoiando la sua indignazione. All'unisono, i mercanti beta si voltano e si infilano nella taverna più vicina.

Ecco perché oggi la gente sembra tesa: è la loro equivalente della stagione delle tasse.

Un cliente batte su un lato del mio stand per attirare la mia attenzione. "Avete della radice di *jahro*?". La sua voce è rauca.

"No". Non ho bisogno di controllare i miei cestini vuoti. "Ho finito tutto". Adoro quello che Ma mi sta insegnando sulle erbe e sulle tinture, ma oggi l'atmosfera del mercato è strana. È ora di contare le mie monete e andarmene.

Il cliente si avvicina e mi afferra per un braccio. "Per favore, ho bisogno della medicina. La maledizione è tornata...".

Mi ritraggo, liberando il braccio e lasciando l'uomo aggrappato all'aria. L'Ulfarri è davanti a me e, ora che il cappuccio gli è ricaduto sulle spalle, mostra la sua pelle gialla cosparsa di macchie rosso scarlatto sulle guance e sul collo.

Un'ombra cala su di noi: una guardia alfa che si avvicina, sovrastando l'Ulfarri più piccolo. Grugnisce qualcosa e il beta indietreggia e si allontana.

Se mi fosse rimasta una radice di *jahro*, l'avrei data al beta. Va bene che non volevo che mi afferrasse, però il comportamento della guardia è stato duro.

Ora devo fare i conti con il gigante Alfa. Se mamma lo verrà a sapere, se la farà sotto dalla paura.

Mi sovrasta, con i muscoli imponenti che scintillano alla luce del sole. La sua pelle è verde pallido e i capelli, la barba e i segni sulla pelle sono tutti di varie tonalità di blu.

Anche se ormai dovrei esserci abituata, non riesco ancora a capacitarmi di come gli Ulfarri presentino una così ampia gamma di combinazioni di colori di pelle e capelli. Non ho ancora visto nessuno con la tipica tonalità della pelle umana – in qualsiasi regione della Terra – ma Ma dice che ci sono Ulfarri con capelli scuri e carnagione come la mia, in qualche lontana regione costiera. Gli Ulfarri hanno anche tatuaggi su tutto il corpo; segni che io ovviamente non ho. Io posso mimetizzarmi purché indossi il mantello, così che la gente non mi guardi troppo da vicino. Un motivo in più per indossare un cappuccio.

L'alfa gira la testa e incontra il mio sguardo. I suoi occhi si restringono, e io faccio un passo indietro.

Il cappuccio mi è scivolato via. Un brivido di panico mi solletica la spina dorsale. Mi chino, fingendo di armeggiare con la borsa che ho alla vita, dove ho nascosto le monete d'argento guadagnate oggi. Il coltello è infilato nella cintura vicina, ancora nel fodero. Lascio che le mie dita indugino un po' là sopra. Con la testa ancora china, faccio scivolare il cappuccio verso l'alto, pregando che il soldato smetta di prestarmi attenzione.

L'alfa grugnisce qualcosa che non colgo. Abbasso la testa in risposta e spero che sia la reazione opportuna. Deve essere così, perché dopo alcuni interminabili secondi, se ne va.

Prendo i miei cestini. È ora di filarsela.

Fa un caldo soffocante, soprattutto con questo mantello. Il sudore mi cola lungo la schiena, dandomi prurito sotto il vestito. Peccato che non possa tuffarmi nel fiume. Sto bruciando, con questo caldo di mezzogiorno. Dovrei tornare subito a casa, ma il mio stomaco non mi permette di passare davanti alla mia bancarella preferita di dolci e tirare dritto per la mia strada. Mi fermo a comprarne un po' per il pranzo. Leelah, quella che li prepara, è distratta, intenta com'è a guardarsi continuamente intorno mentre sistema il mio ordine.

"Che succede?" chiedo.

"La tensione è alta", risponde in un sussurro, infilando una ciocca di capelli arancione brillante dietro l'orecchio appuntito color bronzo. "Diventano sempre così quando è il momento di pagare la decima al re. Per non parlare del fatto che c'è una specie di malattia in giro. Mio padre dice che non vedeva sintomi simili da..." Tace, abbassando la testa e provvedendo a incartare i miei dolci. Un'ombra cala sulla bancarella.

È l'alfa di prima. Mi ha seguito? *Merda, merda, merda!*

"Ecco a te", cinguetta Leelah, porgendomi il pacchetto. Poi rivolge il suo sorriso al soldato. "Cosa le do?"

Lui borbotta qualcosa che assomiglia più a un ringhio che a delle parole, ma lei ovviamente lo capisce benissimo, visto che annuisce e inizia a mettere insieme i prodotti richiesti.

Quando arrivai su questo pianeta, riuscivo a capire Ma anche se non parlava assolutamente inglese. Dopo avermi esaminato attentamente, lei dedusse che mi era stato impiantato una specie di chip di traduzione. Sento la protuberanza dietro l'orecchio, ma non mi piace toccarla ed evito il più possibile di farlo. Mi è occorso un po' di tempo, ma ora mi sono abituata a tradurre i discorsi nella mia testa, anche se non credo che riuscirò mai a comprendere gli alfa.

Sia io che il soldato guardiamo Leelah riempire il sacchetto. Dovrei andarmene, ma non ho ancora pagato e voglio sapere cos'altro Leelah ha sentito su questa misteriosa malattia. La conoscenza è potere, dopotutto, e se Ma ce l'ha *davvero*...

Mi si rizzano i peli sulle braccia. L'alfa mi sta fissando. Ha gli occhi leggermente sfocati e le sue narici si dilatano mentre inspira lentamente. Mi sta... *annusando*?

Faccio un passo di lato, lontano da lui, e abbasso furtivamente la testa per annusare il mantello. Il sudore ha annullato l'effetto del deodorante? Ma prepara un balsamo alle erbe che fa miracoli, ma forse ha perso la sua efficacia.

"Ecco a te". Leelah viene in mio soccorso, porgendo la borsa al soldato.

Lui sbatte le palpebre, poi volta la testa per guardarla in faccia. "Grazie", mormora, prendendo l'ordinazione.

"È gratis", dice Leelah, con voce un po' tesa. "Grazie per il servizio che svolgete per il re".

L'alfa grugnisce il suo assenso e se ne va.

Le mie spalle si abbassano e lascio che il respiro si affievolisca. Essere l'oggetto di quello sguardo è stato intenso. Se Ma scopre che ho attirato l'attenzione di un alfa cattivo per due volte, non mi lascerà più venire al mercato.

"Stai bene?" Sulla fronte di Leelah si nota una piccola ruga dovuta alla preoccupazione.

"Certo. Ma Matron ha iniziato a sentirsi male, ieri sera. Devo preoccuparmi?".

"Era arrossata?"

Esito, cercando di ricordare come fosse l'ultima volta che l'ho vista. "Forse un po'?"

"Oh, no". Il solco nella fronte di Leelah si accentua, prima che lei mormori sottovoce: "La Morte Rossa".

Sento un tuffo al cuore. "Non mi sembra una buona cosa", riesco a dire.

"Non è ancora stato confermato, ma si mormora che si tratti di un'altra maledizione, proprio come la Morte Rossa. Naturalmente, potrebbe non essere...".

"Una maledizione? Che tipo di maledizione?".

"Inizia con un'eruzione cutanea. La pelle diventa di un colore cremisi intenso. Poi una tosse affannosa. La febbre. Poi..." Si morde il labbro. "La situazione peggiora. L'intero corpo si indurisce gradualmente, come se si trasformasse in pietra".

Oh cazzo, non va affatto bene! Per quanto voglia scappare, ho bisogno di sentire tutto. Devo essere in grado di aiutare Ma, se è questa la malattia di cui soffre.

"Le vittime hanno la sensazione di bruciare, di non riuscire a respirare, e il sonno è impossibile a causa del dolore. La morte è lenta... ma inevitabile".

"Quanto lenta?" chiedo. Mi gira la testa.

Fa spallucce. "Dipende da quanto era in salute la persona all'inizio. Giorni... settimane... L'ultima volta che ha colpito il regno, a volte le persone sono riuscite a resistere per un mese o più. Ma non molte".

"Qualcuno è sopravvissuto?"

"Solo dopo che hanno trovato la cura".

Un'ondata di speranza mi inonda il petto. Leelah avrebbe dovuto assolutamente iniziare con questa chicca. "Qual è la cura?"

"Non lo so. L'ha scoperta il re, prima di scomparire. La maledizione è svanita con lui".

"Svanita? Ma pensavo... Tutti si lamentano della decima. Se non c'è un re, a chi la pagano?".

"I soldati raccolgono la decima e la inviano alla capitale, la città di Medea, dove i consiglieri del re governano al suo posto. Nessuno ha più visto il re da quando sono morti i suoi genitori. Si dice che viva..." Si volta e rivolge lo sguardo verso l'alta rupe che sovrasta il villaggio. Un muro diroccato di pietra grigio-verde delimita il costone roccioso, circondando una torretta in rovina. Una volta sono stata tentata di avventurarmi su per la collina, ma ogni sentiero che portava in cima era bloccato da un boschetto di rovi.

"Laggiù? Ma quelle sono rovine". Scruto i ruderi lassù in alto, bloccando i raggi del sole con una mano per poter vedere meglio.

"Lo sono?" Lei alza un sopracciglio. "Le cose non sono sempre come sembrano. Si dice che il re sia lì, inerte, protetto dalla sua magia".

"Magia?" Non riesco a nascondere la mia incredulità. Certo, ci sono cose piuttosto strane da queste parti, ma... la magia? Sul serio?

Leelah mi guarda come se fossi pazza per il tono scettico con cui ho pronunciato la parola. "Sì, magia".

"Una volta ho provato a fare un'escursione lassù", le confido. Volevo dare un'occhiata al mare sul lato opposto del castello. "Ci sono molti rovi con delle spine terrificanti". *Ma nessuna magia, perché la magia non esiste.*

Leelah aggrotta le sopracciglia, come se avesse intuito il mio dubbio inespresso. "Si dice che, quando il re e la regina morirono, il principe acquisì un grande potere. Ma era così addolorato dalla loro morte che pianse per un anno. E, ovunque cadessero le sue lacrime, crescevano dei rovi".

"Wow!", esclamo. "Complimenti a lui per essere entrato in contatto con i suoi sentimenti in quel modo. E la storia delle lacrime che fanno spuntare i rovi è epica. A me, quando piango, viene solo il naso chiuso". Sto facendo la spiritosa, ma Leelah non sembra accorgersene. "Quindi... se il re è lì, ma *dorme*", sottolineo la parola, "chi governa Medela?".

"La decima viene raccolta e finisce nelle casse del re per essere poi distribuita dai suoi consiglieri. Egli mantiene la pace e la sacralità dei nostri confini con la sua magia e i suoi soldati".

"Ah sì, le guardie alfa. Le mie preferite".

Leelah sta ancora fissando la torre lontana. "Una volta l'anno, al momento della decima, i fiori di luna sbocciano sui rampicanti e, quando lo fanno, indicano la strada verso il castello del re. C'è una leggenda secondo cui un giorno una bella omega si farà strada fino al palazzo dove lui dorme e lo sveglierà".

"Un'omega? Ma pensavo che le omega fossero incredibilmente rare".

"Sì", mormora Leelah. "Potrebbe non esserne rimasta nessuna in tutto il regno".

"Beh, allora immagino che sia uno schifo essere il re. Per il resto, quella leggenda sembra un'adorabile rivisitazione, al contrario, della storia della Bella Addormentata".

"Cosa?"

"Lascia perdere".

"È un peccato: se questa maledizione si rivelasse grave come la Morte Rossa, o un suo ritorno, il re avrebbe probabilmente il potere di salvarci".

Mi irrigidisco. "Allora dovrebbe fare qualcosa. Non è giusto che prenda le decime e non faccia nulla per aiutare il suo popolo. Qualcuno dovrebbe andare là a tagliare quelle spine e svegliarlo".

"Sì", concorda Leelah. "Qualcuno dovrebbe farlo". I suoi occhi tornano su di me e si restringono. "Da dove hai detto che vieni?".

"Da molto, molto lontano. Si potrebbe dire mondi lontani. Lì non sono rimasti molti re". Mi trattengo dall'aggiungere un commento sulle defunte monarchie. Leelah sembra già sospettosa, e non è questo il momento. "Devo tornare a casa da Matron". Devo chiederle se sa qualcosa della maledizione e della cura. Dopotutto, è una guaritrice. "Sarai qui domani?"

Leelah si guarda intorno e io seguo il suo sguardo. La gente sta chiudendo tutto e lasciando il mercato, con le teste chine e i volti segnati da rughe di preoccupazione. Dall'altra parte della strada, i soldati incombono, con aria severa, mentre fanno strada alla gente. "Non ci conterei", dice. "Credo che dipenderà dall'evoluzione della maledizione".

"Le prime persone che si sono ammalate..." dico. "Come stanno adesso? Hai saputo qualcosa?"

Fa spallucce. "Dovrei chiedere in giro. Sono stata qui tutta la mattina, come te". Riflette per un momento. "D'altra parte, potrebbe essere una buona notizia. Sono abbastanza sicura che, se la gente avesse già iniziato a morire, l'avrei saputo".

Faccio scivolare il pacchetto dei dolci nella tasca del mantello. "Grazie per questi". Leelah tende la mano per il pagamento e io lascio cadere le monete nel suo palmo. "Stammi bene".

"Anche tu", dice. "Di' a Matron che le auguro buona salute".

"Lo farò".

Nel breve tempo in cui ho parlato con Leelah, il mercato si è quasi svuotato. Le persone rimaste fanno capannello tra loro, sussurrando che altre si stanno ammalando. Mentre osservo i volti segnati dallo sgomento e dalla paura, la sensazione di ansia nel mio petto si intensifica.

Accelero l'andatura, con l'angoscia che aumenta a ogni passo. Quando arrivo a casa, non mi importa di essere sudata. Lascio cadere le ceste sul gradino e irrompo in casa.

"Ma". Trattengo il respiro per sentire la sua risposta.

Non c'è. Non è al piano di sotto. Ma forse è tutto a posto. Forse sta solo dormendo.

Con il cuore che mi rimbomba nelle orecchie, corro verso la sua camera da letto. La porta è socchiusa. La stanza è buia e soffocante, con le tende tirate.

"Rose?", riesce a dire a stento. Ha una brutta voce, persino peggiore di quella di stamattina.

Con le mani tremanti, tiro indietro le tende per far entrare un po' di luce. Ma è rannicchiata al centro del letto, sotto una pila di coperte.

Il mio sollievo nel trovarla lì viene immediatamente meno quando noto lo stato in cui è ridotta. Avvicinandomi, le scruto il viso e le mani.

Mi si ferma il cuore.

Ha la pelle arrossata; il petto si alza e si abbassa troppo

rapidamente. "Rose", sussurra, e io faccio un altro passo verso di lei. "No, bambina, resta lì...". Un colpo di tosse affannoso le impedisce di finire la frase.

Quando gira la testa per coprirsi la bocca, la vedo: una macchia scarlatta su uno zigomo solitamente color malva. "Oh, cazzo!".

∽

MI PRECIPITO GIÙ per il vicolo, con il mantello che sventola dietro di me. Non mi preoccupo di sollevare il cappuccio. Il cottage di Leelah è più vicino al villaggio rispetto al nostro, più lontano dal fiume. Mi dirigo verso la sua porta d'ingresso. Se non è in casa, tornerò al mercato. Devo fare *qualcosa*.

Ho sistemato Ma meglio che ho potuto. Le ho preparato il tè e tutte le pomate e tinture che potrebbero aiutarla a star meglio. Ha insistito perché gliele mettessi accanto al letto, poi mi ha ordinato di andarmene e di sbarrare la porta della stanza. Al piano di sotto, ho camminato su e giù finché non ce l'ho più fatta.

Da quando mi sono risvegliata su questo pianeta dimenticato da Dio, Ma mi è stata sempre vicina. Mi ha vestita e nutrita, ha promesso di aiutarmi a tornare a casa. Io devo aiutarla. Deve guarire. L'alternativa non è nemmeno da considerare.

Quando arrivo al cottage di Leelah, sono accaldata e agitata. Anche nel suo giardino sono spuntati dei rampicanti che coprono lo scalino e tappezzano la porta. Qual è il problema con queste piante? Nessuno qui possiede un diserbante? Spingo via il fogliame per poter battere sulla porta. Qualcosa scricchiola sotto i miei piedi: un altro germoglio verde-nero, coperto di spine.

Un ringhio alle mie spalle mi fa sobbalzare.

Mi giro di scatto. Un alfa è in piedi davanti al cancello di Leelah e mi guarda male. È lo stesso che si è fermato davanti alla bancarella di Leelah al mercato.

"È vietato cogliere i fiori di luna", sbotta. Riesco a capire le sue parole. Mi sa che il mio chip traduttore è migliorato nell'apprendimento del linguaggio alfa. Oppure sono io che mi sto abituando.

"Non stavo raccogliendo fiori". *Stavo calciando via le spine.*

"La maledizione si è abbattuta su questa casa". Mi guarda come se cercasse i segni di un'eruzione cutanea.

Alzo il mento; le guance bruciano, ma non per l'imbarazzo. Per la rabbia. "Devo parlare con Leelah".

L'alfa mi guarda male. Immagino che non sia abituato a sentire contadini che si rifiutano di obbedire ai suoi ordini. Quando i tuoi muscoli sono grossi come palle da bowling, probabilmente pochi osano risponderti male. "Devi andartene".

Il vento sferza oltre l'angolo della casetta, sollevando il mio mantello e facendolo vorticare intorno a me.

La guardia inspira, sbattendo le palpebre. Sembra che abbia fiutato qualcosa di delizioso. Emette un sospiro tremolante.

Abbasso la testa per annusare l'angolo del mantello. Sembra che mi sia spruzzata dappertutto un potente spray per il corpo, solo che non è così; l'odore emana dai miei pori.

Il soldato incombe ancora su di me. Le pupille gli si sono dilatate, rendendo nere le iridi.

Non ho una buona sensazione al riguardo.

L'alfa ondeggia, facendo un passo verso di me.

"Byrol!" Un altro soldato lo chiama.

L'alfa di nome Byrol sbatte le palpebre e si ricompone.

Scuote leggermente la testa. "Va' a casa, piccola, e prega che la maledizione non ti trovi".

Abbasso la testa e, per non dovergli passare accanto, mi affretto a scendere lungo il sentiero laterale. Dei rampicanti costeggiano la strada. Non appena sono fuori dalla vista del soldato, li prendo a calci. Ho così caldo che vorrei strappare questo mantello. Al diavolo gli alfa!

Sopra la mia testa, qualcuno sibila: "Rose!".

È Leelah, che fa capolino dalla finestra del suo cottage. Un'eruzione cutanea scarlatta si sta diffondendo sulla sua pelle bronzea.

"Oh, no, Leelah!" Mi infilo tra due cespugli potati per avvicinarmi alla finestra.

Lei si tira indietro. "Non avvicinarti!". Gira la testa, rivelando un'altra zona interessata dell'eruzione cutanea. La Morte Rossa. "La maledizione mi ha colpita".

L'ho appena vista al mercato. Quanto è contagiosa questa cosa? "Cosa posso fare?"

"Niente".

No. "Ci deve essere qualcosa..."

"Va' a casa, Rose. Resta dentro e sbarra la porta".

"Non posso. Ma..." Non riesco a finire la frase.

L'espressione di Leelah si addolcisce. "Oh, no! Mi dispiace tanto".

Il cuore mi batte forte e la pelle mi brucia sotto il vestito. Devo pensare. Cos'è che mi ha detto Leelah, prima? "A tuo dire, la maledizione è finita quando il re ha trovato la cura. Lui potrebbe aiutarci, giusto?".

Stringe le labbra. Lo sguardo si sposta sulle rovine, in cima alla collina. "Dicono che il re abbia il potere di salvarci", ammette. "Ma nessuno lo vede da anni".

Mi volto, però la collina è sempre la stessa: non c'è alcun palazzo, solo un mucchio di rocce grigio-verdi e un groviglio spinoso di cespugli che sbarra la strada. "E lui è lassù, vero?".

"Così dice la gente. Ma lui è addormentato. L'unico che può svegliarlo è un'omega. La sua compagna perfetta".

"Ma non ci sono omega. C'è un altro modo per raggiungerlo?".

Leelah alza le spalle, impotente. "Conosco solo la leggenda: l'amore di un'omega spezzerà l'incantesimo che lo tiene prigioniero e lo riporterà in vita".

"Ok, capito. Grazie". Credo di aver visto un film Disney del genere, una volta. Da bambina adoravo quella roba.

"È l'unico modo", afferma Leelah. "Il consiglio del villaggio ha scritto a Medea City di presentare istanza ai consiglieri che governano al posto del re. Ma loro non hanno il potere di fermare la maledizione. Solo il re ce l'ha".

"Secondo la leggenda".

"Sì".

"Ma nessuno vede il re da anni, e l'unico che può presentare istanza è un'omega... che non esiste. Ho capito bene?"

"Sì".

"Ottimo. Sembra una forma di governo super efficiente".

"Suppongo di sì", concorda Leelah, senza cogliere il sarcasmo.

C'è un'altra pattuglia alfa in marcia lungo la strada. Se sgattaiolo fuori dal giardino di Leelah ora, riuscirò ad arrivare al fiume prima che mi vedano. "Grazie". Mi affretto ad andare via.

"Rose? Cosa hai intenzione di fare?"

"Ti terrò informata", dichiaro, e la saluto. Tirando su il cappuccio, sfreccio dall'altra parte della strada. Mi accovaccio finché i soldati alfa non passano, poi continuo a camminare lungo la riva del fiume.

La scogliera sormontata dalle rovine rocciose si staglia davanti a me, gettando un'ombra sul villaggio.

È una follia. Deve esserci qualcosa di più di una ridicola leggenda sulla magia, sulle maledizioni e sui mitici unicorni omega.

Il re ha il potere di salvarci, ha detto Leelah. E al centro di tutte le favole c'è un granello di verità.

"Tieni duro, Ma", dico passandomi l'avambraccio sulla fronte sudata. "Vado a cercare aiuto".

Determinata, mi incammino con cautela lungo la riva del fiume. Se il re ha la cura, io me ne impossesserò. A qualunque costo.

Per Ma.

3

ROSE

Il sentiero che conduce al castello è fiancheggiato da rovi. Mentre salgo su per la collina mi stringo addosso il mantello. Il calore del giorno si sta attenuando. Ho ancora caldo, ma meno. Il fatto di muoversi aiuta. Un forte profumo floreale esala dalla mia pelle. È strano, ma finché non si manifesta l'eruzione cutanea che annuncia la maledizione, non mi preoccupo.

Fin troppo presto, lo sconnesso sentiero di pietra viene completamente bloccato da altissimi grovigli di spessi rampicanti nero-verdi. Sono un milione di volte più intricati dei piccoli viticci che crescono nel nostro giardino. Mi piego e mi contorco, cercando di aggirarli, ma dopo qualche metro i rovi sono troppo fitti; crescono così vicini l'uno all'altro da bloccare i raggi dei soli.

Se la storia fantastica di Leelah è vera, il dolore del re ha creato questa barriera tra lui e il mondo.

"Notizia flash, stronzo". Sfodero l'enorme coltello che ho preso in cucina e inizio a tagliare le radici più dure. "Non c'è niente che un diserbante non possa sistemare".

Dopo aver tagliato e segato per alcuni minuti, ho fatto qualche progresso. Il sudore mi cola sul collo e mi fa male il braccio che ho così ripetutamente utilizzato. Mi prendo un momento per massaggiare il bicipite dolorante e, davanti ai miei occhi, un viticcio verde pallido spunta dal rampicante più vicino e cresce fino a bloccarmi il cammino.

"Mi stai prendendo in giro?". Spingo via il piccolo germoglio. Non ho mai visto una pianta crescere così velocemente. C'è qualcosa che non va.

Questa è magia. Un brivido spettrale mi corre lungo la schiena. "No, non lo è", dico. "Questa non è magia. C'è una spiegazione logica". Il bambù cresce molto velocemente, giusto? *Ma non così in fretta,* sussurra una vocina spaventata dentro di me.

I rampicanti mi si affollano intorno. Quando mi alzo in punta di piedi, riesco appena a intravedere le rovine del castello, immerse in una luce crepuscolare. I soli stanno tramontando. Nella boscaglia è già buio. Cosa farò, una volta che sarà calata la notte?

Quando mi volto, mi trovo di fronte a un muro di rovi. Il sottile viticcio che ho spinto via si è ispessito e altri dieci rampicanti si sono gettati nella mischia. La breve pausa mi è costata un buon tratto di strada e, se i rampicanti continuano a crescere intorno a me in questo modo, rimarrò intrappolata.

Oppongo resistenza, dimenandomi selvaggiamente per sfuggire a ogni rampicante vicino. Questo è il risultato per aver creduto a stupide leggende (non proprio) metropolitane.

"Fatemi passare!" borbotto, come se le liane fossero senzienti. Si comportano più come fauna che come flora, per gli standard terrestri.

Davanti a me, gli spessi steli si intrecciano in una rete inespugnabile.

"Dov'è un'omega, quando ne hai bisogno?" brontolo. "Tipiche stronzate da favole".

Dopo un secondo per poter riprendere fiato, continuo a tagliare i rampicanti.

"Solo un vero amore può spezzare l'incantesimo", ironizzo. *"Il veuo amoue. Il matuimonio"*. Pronuncio le battute del ministro ne *La storia fantastica*: *"Il matuimonio è ciò che ci iunisce qui. E l'amoue, il veuo amoue...* Stronzate!" Il mio coltello si impiglia in una spina e mi sfugge di mano. Gira su se stesso e poi ricade, quasi infilzandomi un piede.

"È così. Nessuna di queste favole mostra ciò che succede dopo, nella relazione. Quando torni a casa e lo becchi a tradirti con la tua migliore amica". Ho una fitta al cuore, e subito lenisco il dolore sfregandomi il petto. Sto parlando per esperienza? Cerco di ricordare, ma è tutto avvolto nella nebbia. Ho l'impressione che le mie relazioni sulla Terra, per lo meno alcune, siano finite male.

Recupero il coltello e riprendo a tagliare con furia selvaggia. Non mi importa se dovrò farmi strada a colpi di coltello tra le erbacce fino alla porta del re. Non lascerò morire Ma.

Quando le braccia iniziano a dolermi, smetto di tagliare e mi inoltro tra i rovi proteggendomi il viso con le mani e con il mio machete di fortuna. Un gambo spinoso mi fa inciampare e cado, aggrappandomi alla boscaglia per sorreggermi. La mano libera si impiglia in una maledetta spina.

"Cazzo!" grido e mi accuccio per ispezionare il palmo ferito. La spina è grande come un chiodo ferroviario e affilata come una spina di cactus. Il sangue sgorga sulla pelle. Sibilo e stringo la mano a pugno per vedere se la pressione riesce a fermare l'emorragia.

Non la ferma. Il sangue mi cola tra le dita e gocciola a terra. "Cazzo!", sussurro di nuovo. Il disagio provato finora si sta trasformando in disperazione. Stringo gli occhi per trattenere le lacrime e cerco di respirare. Ma ne fuoriesce una lacrima, come il sangue che ora imbratta la mia mano.

Non piango da... non so quanto tempo. Non ho pianto quando mi sono svegliata sulla riva di uno strano fiume, su uno strano pianeta, senza ricordare come ci fossi arrivata. Non mi manca New York, né la fatica di pagare l'affitto e ottenere borse di studio per la scuola di medicina. A volte mi chiedo che fine abbia fatto la mia impressionante collezione di piante grasse, ma niente di più.

Ma è la mia famiglia. Mi ha accolto e mi ha dato una casa. Se dovessi perderla...

"È tutto ciò che ho", sussurro, perché qui non c'è nessuno oltre a me e ai rampicanti. Non devo essere forte per nessuno.

Un dolce profumo si sprigiona davanti al mio viso. Apro gli occhi. Un fiore è apparso sul rampicante più vicino. Ha la forma di una tipica rosa terrestre, ma ha un numero maggiore di petali, che presentano delle incredibili sfumature che vanno dal rosa, al centro, al rosso vino più scuro e vivace, sulle punte. Il profumo è talmente delizioso da conquistarmi. E sicuramente prima non c'era.

Senza pensarci, tocco il fiore con la mano destra. La mano ferita e insanguinata. Intorno a me, si aprono altri fiori, riempiendo lo spazio ristretto di un'eterea dolcezza.

Una volta l'anno, al momento della decima, i fiori di luna fioriscono sui rampicanti e, quando lo fanno, indicano la strada verso il castello del re. Questa è la leggenda che mi ha raccontato Leelah. La favola.

Mi alzo lentamente in piedi. Davanti a me, gli steli si separano come se una mano gigantesca e invisibile li facesse piegare all'indietro. C'è abbastanza spazio per camminare senza che i vestiti si impiglino nelle spine o nei fiori. I miei piedi trovano il malandato sentiero di ciottoli e mi avvicino alle rovine del castello.

I soli sono ormai solo un ricordo che brilla oltre l'orizzonte, ma stanno sorgendo le cinque lune, e la loro luce è sufficiente a farmi trovare la strada. Se anche non potessi vedere, potrei seguire il ricco profumo dei fiori che stanno sbocciando.

Il vento soffia sotto il mio mantello, facendo svolazzare il tessuto e spingendomi in avanti. I rovi intorno a me si contorcono come se fossero vivi, muovendosi e separandosi al mio passaggio. Forse è solo un'illusione. Forse è tutto un sogno.

Ma, quando esco fuori dal boschetto barcollando e mi schianto con un tonfo contro le alte mura di pietra del castello in rovina, mi rendo conto che tutto ciò è reale. Brancolo lungo il muro – i rampicanti alle mie spalle mi spingono in avanti – e trasalisco quando i miei polpastrelli trovano il massiccio cancello di legno. È mezzo ricoperto da quello che sembra muschio, ma è abbastanza robusto, con un batacchio in alto, sopra la mia testa. Facile da raggiungere per un alfa, ma non per un essere umano. Mi alzo in punta di piedi e le mie dita sfiorano l'anello arrugginito. Qualcosa mi punge il palmo. Ho un sussulto e ritiro la mano. C'è una dannata scheggia, questa volta sull'altra mano.

Proprio quello di cui avevo bisogno: altre ferite! Sibilo ed estraggo la scheggia di legno, lasciandola poi cadere a terra.

Si scatena l'inferno. La terra trema sotto i miei piedi. Allungo una mano per stabilizzarmi, ma il cancello davanti a me inizia a vibrare e si spalanca. Spaventata, indietreggio di scatto dall'ingresso del castello, ma i rampicanti dietro di me si attorcigliano e formano una rete per fermare la mia ritirata. Il terreno rotola di nuovo e io mi lancio in avanti, cavalcando l'onda erbosa in movimento come una surfista. Vengo proiettata al di là del cancello, nel parco del castello. Atterro di faccia sul morbido manto erboso.

Dietro di me, il cancello si chiude con un tonfo echeggiante.

Oh, Dio! Non è affatto inquietante! Mi rimetto in piedi. La buona notizia è che mi trovo in un bellissimo giardino e, da vicino, il castello che incombe su di me non sembra affatto male. Le mura e le torrette sono state un po' danneggiate dalle intemperie; la pietra è di un romantico grigio-verde che mi ricorda il castello di Edimburgo sulla Terra. Ma le mura distrutte e la torre mezza diroccata che ho visto dal mercato? Sparite. Al loro posto si ergono mura alte e impenetrabili e una torre tutta intatta, abbastanza solida da intimidire anche il più organizzato esercito medievale.

Non sembra affatto lo stesso castello che vedo ogni giorno dal villaggio.

Le cose non sono sempre come sembrano, ha detto Leelah.

"È un understatement", mormoro. Invece di lottare con altri rovi e steli spinosi, sono sdraiata su un prato ben curato in un giardino lussureggiante. Qualunque cosa la squadra dei giardinieri del re stia usando per tenere a bada i rampicanti, sta funzionando.

Tengo con me il coltello. Non si sa mai. Non mi è piaciuto il fatto che il cancello si sia aperto e chiuso all'improvviso come una botola, però il castello sembra meno terrificante di quanto mi aspettassi, e ora sono troppo curiosa per fare altro che continuare a muovermi. Trovo un sentiero e mi inoltro in punta di piedi nel giardino illuminato dalle lune, facendo attenzione che il mio mantello non si impigli in qualche ramo. L'aria è ricca del profumo dolciastro dei fiori, mitigato da quello speziato delle erbe. Mi imbatto in una macchia di *dola*. Le foglie sono molto più grandi di quelle delle piante che crescono nel giardino di Ma. Se lei fosse qui, pretenderebbe di sapere che tipo di teste di pesce usano come fertilizzante.

Ma. Accelero il passo. Devo trovare questa cura e tornare

da lei in tempo. Ci deve essere qualcuno qui intorno, qualcuno che io possa coinvolgere nella missione di presentare la mia istanza al re.

Mentre attraverso ettari di giardino, l'orlo della mia gonna si bagna di rugiada. Il sentiero che sto seguendo porta a una grande siepe, una specie di labirinto. Mi faccio strada attraverso questo e finisco in un patio pavimentato. Da questo lato, il castello sembra più un palazzo, con le colonne che brillano bianche al chiaro di luna. I rampicanti stanno prendendo il sopravvento anche qui, ricoprendo i loro graticci per poi intrecciarsi alle colonne. Al mio passaggio, i fiori sbocciano, riversando nell'aria un'altra ondata di profumo floreale. La cosa sta diventando piuttosto fastidiosa.

I miei passi risuonano sul selciato. Non c'è nessuno in giro. Visto che il parco è tenuto così bene, di sicuro avrei dovuto incontrare un giardiniere, o dodici. Forse dormono tutti, ma è appena passato il crepuscolo.

All'improvviso, un altro profumo mi giunge alle narici, dopo essersi aperto un varco tra gli intensi aromi floreali. Questo è fresco e nitido, come il legno di cedro o il pino. Mi fermo e respiro profondamente. Una vampata di calore mi avvolge, sciogliendo tutti i dolori e le tensioni. Finalmente le endorfine rilasciate durante la mia escursione stanno facendo effetto.

Il profumo è forte ma gradevole, come quello del pane appena sfornato o dei panini alla cannella. Seguo la sua scia oltre la linea di colonne bianche, verso una porta, che si apre quando mi avvicino. Visto che evidentemente non è l'ingresso principale, sto entrando di nascosto, ma forse all'interno troverò qualcuno con cui parlare. Leelah ha detto che il re si è chiuso al mondo, ma chi si occupa del giardinaggio e di tenere in ordine il palazzo? Qualcuno dovrà pur farlo.

Una folata di vento mi sfiora, facendo ondeggiare i fiori. Fa roteare i petali caduti, creando un mini tornado, e poi li sparge davanti a me, così da formare un lungo tappeto rosso-nero che conduce alla porta laterale.

Ok, allora.

"La magia non è reale", mormoro. Il vento fa muovere i petali sulle mie dita dei piedi, quasi a voler ribattere. Ma sento ancora di più l'invitante profumo di cedro e non riesco a trattenermi dall'affrettare il passo, attraversare la porta ed entrare nel castello.

"Salve?" Mi trovo in uno spazio vasto, una specie di sala da ballo. Alle pareti ci sono ritratti con cornici dorate e mobili dalle forme indistinte. Qui il profumo è più forte, più concentrato.

Più mi azzardo a procedere nella sala da ballo, più la luce diventa intensa. Proviene dal soffitto, dove mille piccoli punti brillano come stelle. Pervaso com'è dal profumo di cedro, lo spazio odora di pulito. Non è affatto un rudere.

Una statua enorme incombe al centro della stanza. Sembra raffigurare due figure affiancate, una delle quali tiene una mano su una terza figura, più piccola, tra di loro. Due genitori e il loro bambino? Le teste delle statue sono cadute e non ce n'è traccia.

Qualcosa si muove nella mia visione periferica, ma, quando mi volto, non vedo nulla. Stringo più forte il coltello e deglutisco a fatica, sentendo improvvisamente la gola secca.

"C'è qualcuno?" Si alza il vento, e la mia gonna prende a svolazzare.

In fondo alla sala da ballo – a chilometri di distanza e in cima alle scale, direi – una porta sbatte.

No, non è affatto inquietante. La pelle d'oca mi corre su e giù per le gambe e le braccia.

Perché ho pensato che fosse una buona idea? Cosa

pensavo di fare? Di marciare fino al castello e trovare uno stand informativo? Di presentare un'istanza?

"Salve? Re?" chiamo. Se continuo a parlare, non avrò il tempo di soffermarmi sulla mia paura. "Ehi, Re, la tua gente ha bisogno di te". Mi sposto oltre la statua, verso le scale. Era davvero un movimento nell'ombra, al secondo piano?

Stringo il pugno che non tiene il coltello. Se qui c'è qualcuno, mi dovrà ascoltare di sicuro. "Non voglio intromettermi... anzi, no... voglio intromettermi. Se sei il re, dovresti fare qualcosa. La tua gente sta morendo. Dicono che la maledizione è tornata. La Morte Rossa. È ora di svegliarsi e aiutarla". La mia voce riecheggia sulle pareti. *Aiutatarla, aiutatarla, aiutatarla.*

Stringo il coltello così forte che non sento più le dita. Fa forse più freddo, ora?

Ai piedi della scala si trova un'altra statua. Questa è ancora più grande della prima, o lo sarebbe se fosse in piedi. Qualcuno deve averla rovesciata. È spezzata in più parti e sembra che manchino dei pezzi. I lati sono segnati da graffi, come se una bestia gigante avesse strappato la pietra con degli artigli di titanio.

Beh, cazzo! Passo accanto alla statua e mi mordo un labbro. E se dessi un'occhiata al secondo piano?

Faccio il primo passo, e si ode un ringhio lungo le scale. Il suono dovrebbe scardinarmi la spina dorsale; invece sprigiona un'esplosione di calore nel mio corpo. Il mio ventre si agita e io sussulto, ondeggiando. Il profumo di cedro è così potente che posso sentirne il sapore. Non riesco a liberarmi dal senso di déjà-vu.

Vedo un'altra statua in cima alle scale. Ma... prima non c'era.

Ansimo come se avessi corso una maratona. Però non per paura. Una scarica di calore liquido mi attraversa il cuore, e il mio clitoride batte un languido colpo.

Cosa mi sta succedendo?

La statua si muove. La figura indossa un voluminoso mantello e un cappuccio; sembra umanoide, ma è enorme, troppo grande per essere una persona normale. Se questo è un Ulfarri alfa, è il più grande che abbia mai visto.

E, a giudicare dal ringhio, è incazzato. Ma io, invece di indietreggiare, faccio un altro passo verso di lui. Qualcosa nel suo odore mi attira.

Il calore che emana dal mio nucleo si diffonde nel petto. Mi lecco le labbra e salgo un altro gradino. Il gigante in cima è immobile. Poiché indossa un mantello come il mio, i suoi lineamenti, sotto il cappuccio, sono inghiottiti dall'ombra. Voglio vederlo. Ho bisogno di vederlo. Le mie dita si flettono, desiderose di toccare...

Faccio un respiro profondo. "Sei tu il re?"

La figura si ritrae e lancia un ruggito così forte da farmi venire le lacrime agli occhi. Il suono agghiacciante si insinua nell'incantesimo ipnotico del suo profumo come un secchio d'acqua gelida rovesciato sulla testa. Un insano e primordiale terrore mi corre lungo la schiena e nelle gambe.

Senza un attimo di esitazione, mi giro e comincio a correre nella direzione da cui sono venuta.

4

BESTIAN

QUALCUNO È STATO QUI. Qualcuno è riuscito a superare le mie impermeabili barriere. E non un qualcuno qualsiasi...

Una femmina.

Da quel momento cammino nella mia camera, con la luce delle lune che getta un bagliore lilla sul lastricato in pietra. Il fragore lontano delle onde che si infrangono contro le scogliere sembra un'eco beffarda dello shock che ho provato al vedere l'esile sconosciuta nella mia sala da ballo, quasi fosse un'apparizione.

Chi era?

Per un decennio, nessuno è entrato nel mio castello. Ho trascorso innumerevoli cicli solari in un sonno profondo, al sicuro nella mia fortezza. Questo luogo è il mio rifugio dal mondo. Dal mio popolo. Dal mio regno. A volte mi sveglio per corrispondere con i consiglieri che mi rappresentano a Medea City, ma per la maggior parte del tempo sono in un coma autoindotto.

Il mio castello e i miei terreni sono impenetrabili: la mia magia garantisce che lo siano. Utilizzo un incantesimo di mia invenzione per tenere fuori il mondo, e dentro me stesso.

Come è entrata?

I miei pensieri si confondono mentre butto giù una tazza di *blix* dopo l'altra. Il forte liquore mi dà solo un po' di sollievo, ma è sempre meglio di niente.

La Morte Rossa, aveva detto, con il suo strano accento. Potrebbe essere vero? Dopo tutti questi anni, quella nefasta maledizione potrebbe essere tornata? Al solo nominarla mi si gela il sangue nelle vene.

Ha visto la sala da ballo e le statue che ho distrutto in preda alla rabbia. La più piccola, con le tre figure – mio padre, mia madre e me da bambino – è ancora in piedi, anche se decapitata. La più grande, con le mie sembianze di principe adulto, è ridotta in pezzi.

Il tempo guarisce tutte le ferite. Questa era la mia grande speranza. Ahimè, si è rivelata l'ennesima falsità.

Chiamo i *sussurri* per rimuovere i resti della statua. Durante il mio sonno profondo, i miei servitori erano dormienti. Ora, per qualche motivo, li anima una nuova energia. Hanno ripulito il resto del palazzo; forse toglieranno anche le macerie. Ho altri ricordi della mia famiglia.

Mi avvicino alla galleria, dove è appeso il ritratto dei miei genitori. Se l'intrusa si fosse avventurata oltre, l'avrebbe visto. Dipinto da uno dei più grandi artisti di Ulfaria, ritrae i miei genitori in un modo che li fa sembrare di nuovo vivi, con i capelli sollevati dolcemente da una brezza invisibile, gli occhi che brillano di gentilezza e saggezza.

È un coltello che va dritto al cuore.

Mia madre era una tipica omega: gentile, dolce e premurosa. Mi adorava, e spesso esprimeva la sua tristezza per il fatto che fossi figlio unico. Mio padre era enorme, burbero e severo, e da giovane ero terrorizzata da lui. Ora vedo molto di lui in me stesso.

Avrei potuto salvarli, ma ho fallito.

Sono stato uno sciocco.

Con un gemito, torno a passo lento nella mia camera da letto, riempiendo per l'ennesima volta la tazza vuota, desiderando di avere il potere di placare il mio dolore.

Sono passate molte lune da quando la Morte Rossa è arrivata a Medela. Una misteriosa e terribile maledizione si è abbattuta sul regno, lasciando dietro di sé perdite e distruzione. Pochi sono stati risparmiati.

Ho cercato una cura e i miei sforzi mi hanno quasi distrutto.

Ma i miei genitori hanno pagato il prezzo più alto. È colpa mia se sono morti.

Sprofondo nel mio letto, seppellendo il viso tra le mani. Il dolore è straziante come il primo giorno. Desidero ardentemente tornare a dormire, per perdermi nel tranquillo sonno dell'oblio.

Invece, faccio un respiro profondo ed espiro lentamente, con la mente in subbuglio.

Potrebbe essere vero? La maledizione è tornata? La storia sta per ripetersi?

Che motivo avrebbe quella ragazza di mentire? Sento la voce di mia madre esprimere quest'ultimo pensiero, e la domanda mi sembra sensata.

Se non fosse disperata, per quale altro motivo l'estranea si sarebbe introdotta nel castello?

Chiudendo gli occhi, ritorno con la mente alla nostra interazione, più e più volte.

Aveva un profumo così dolce, come di fiori di luna e miele, con una nota di fondo di qualcos'altro che non sono riuscito a definire.

Non potevo vedere molto del suo viso, infagottata com'era lei in quell'enorme mantello. Sembrava comunque bassa, anche per una beta. Aveva un accento strano, quasi come se la sua bocca fosse disabituata a pronunciare le parole, ma la voce era chiara e dolce nonostante l'urgenza disperata del suo tono.

Chiedeva aiuto e io...

Le ho ruggito contro, come il mostro che sono. Non aveva mostrato alcuna paura, solo curiosità, fino a quel momento. Ne ho sentito l'odore: il suo dolce profumo di fiori di luna è diventato acre a causa del panico e...

Il pensiero mi colpisce come un tuono, e scatto in piedi, con il cuore che all'improvviso mi batte all'impazzata nel petto, anche se per la parte razionale della mia mente è una supposizione assurda.

Il suo profumo era inebriante. E solo un tipo di femmina ha un odore simile per un alfa: un'omega.

Ma non ci sono più omega a Medela.

Puoi esserne certo? Di nuovo, è la voce di mia madre che mi pone la domanda.

La risposta è no. Sebbene le omega siano rare, non si sono del tutto estinte. Potrebbe esserne nata una da una coppia beta; solo perché non ho mai visto una cosa del genere in vita mia, non significa che non sia possibile. Potrebbero anche essercene di più vecchie che se ne stanno nascoste anche ora che, superata l'età fertile, non sono più delle prede.

Scuoto la testa per schiarirmi la mente. Prima di tutto, il mio popolo ha bisogno del mio aiuto. Anche se non ho potuto salvarlo la prima volta, mi è stata data una seconda possibilità. Riesaminerò le mie ricerche e, se riuscirò a trovare una cura, gliela farò avere tramite i miei *sussurri*.

Nel frattempo, ho dato disposizioni ai *sussurri* di continuare a pulire il castello. Uno di loro è scomparso. Mi chiedo se sia fuggito con la femmina. Sarebbe un altro segno del mio potere in declino. Però, se così fosse, potrebbe rivelarsi utile, visto che devo ritrovarla.

Voglio sapere se i miei sospetti sono veri. Se è un'omega,

questo potrebbe cambiare tutto. Le possibilità che avevo escluso per sempre potrebbero improvvisamente essere alla mia portata.

Non oso sperare, ma se davvero Ulf ha ritenuto opportuno mandarmi un'omega, so per certo una cosa...

Lei sarà mia.

.

5

ROSE

Una folata di vento sussurra sul mio viso, svegliandomi. La finestra deve essersi aperta di nuovo.

Le gambe mi fanno male come se avessi corso una maratona. Le braccia mi dolgono come se avessi fatto giardinaggio tutto il giorno; il che è in parte vero. Ho scalato una montagna e sono tornata giù di corsa con il vento in poppa. Mentre mi allontanavo dal castello, il cancello si è aperto come per magia e i rampicanti si sono comportati bene. Sembravano intimoriti dal ruggito terrificante, proprio come me.

Mi giro per sdraiarmi sulla pancia, mi metto il cuscino sulla testa e gemo. La mia missione è stata un completo fallimento.

Sono andata a presentare un'istanza al re, e tutto quello che ho ottenuto sono stati dei brutti graffi causati da quei suoi arbusti oltremodo aggressivi. Nemmeno una maglietta.

Quella figura ombrosa e massiccia era il re? Perché nessuno mi ha mai detto che è una bestia gigante e ruggente? Ho visto molti grandi alfa al mercato, ma la sua struttura enorme e imponente era molto più terrificante.

Pur con il volto in ombra a causa del cappuccio, era ridicolmente alto.

Il suo profumo era fantastico. Il ricordo mi fa venire l'acquolina in bocca.

Ma il suo ruggito brutale rieccheggia ancora nella mia testa.

"Che si fotta!", sussurro, rigirandomi su me stessa e fissando il soffitto. Forse nessuno sa che il re è così perché è rimasto nascosto, in isolamento, per tutto questo tempo.

Una brezza mi accarezza il viso. Con la coda dell'occhio vedo baluginare qualcosa. Mi alzo e mi guardo intorno per la prima volta da quando sono sveglia. Durante la notte, i rampicanti si sono introdotti all'interno attraverso la finestra aperta e si sono attorcigliati sopra il mio letto. La stanza è piena di fiori.

"State scherzando?" Spingo via dal viso un fiore penzolante, scivolo giù dal letto e cammino verso la finestra. Prima di raggiungerla, il vento la chiude.

È strano. Di solito il vento non soffia dall'interno di una casa. Ricordo il vento e gli strani avvenimenti di ieri sera, prima che mi ruggissero in faccia.

"Non è magia. C'è una spiegazione perfettamente logica".

L'anta del mio armadio si apre e, svolazzando, ne viene fuori un vestito. Rimane sospeso nell'aria come se qualcuno lo tenesse su, ma non c'è nessuno.

Non riesco a chiudere la bocca. "Come..."

La veste si scrolla, si rigira e si drappeggia sul letto. Una folata di vento corre per la stanza, rifacendo il letto, raddrizzando la trapunta storta, spolverando il comò. Solleva in aria persino i miei stivali, li avvolge in un mini tornado e li posa a terra, perfettamente lucidati.

Le ginocchia mi cedono e mi accascio sul mio letto perfettamente rifatto.

A quanto pare, ho ottenuto un altro souvenir dal mio inutile viaggio per vedere il re: il mio poltergeist personale.

"Ok. Sono sicura che c'è una spiegazione per questo", ripeto.

Il vento mi scompiglia la gonna, come per rassicurarmi.

Mi passo una mano sulla testa e trasalisco: non ho avvolto i capelli ieri sera e le trecce sono messe male. I miei polpastrelli si impigliano in qualcosa e lo strappo: un pezzo di rampicante con un bocciolo di fiore di luna.

"Puoi fare qualcosa per questo?" Agito una mano sulla testa.

Il vento soffia e vortica intorno a me.

Le trecce si sciolgono e si riformano in un secondo. Mi tocco la testa. Sono entrambe perfette. Il mio unico problema è il fiore che si è infilato dietro l'orecchio. Lo tiro fuori e lo scuoto in aria. "Basta con questi".

Il vento sferza la stanza, raccogliendo tutti i rampicanti e i fiori. La finestra si apre abbastanza a lungo da permettere la fuoriuscita del fascio dalla finestra.

In tre secondi la mia camera da letto è libera da ogni forma di vita vegetale.

"Va bene. Va bene. Purché non ci siano dei topi ballerini".

Un rumore fuori dalla mia camera mi fa gelare il sangue.

Qualcuno si muove al piano di sotto.

Un intruso?

Le assi del pavimento scricchiolano e i piatti, sbattendo, fanno rumore. E qualcuno canticchia; sembra...

"Ma", sussurro, e mi precipito fuori dalla stanza.

Mentre io scendo di corsa le scale, Ma si sistema sulla sua solita sedia con il tè. "Sei sveglia!"

"Certo che lo sono, bambina. A differenza di altri, preferisco alzarmi all'alba". Porta il tè verso il viso, ma la sua bocca si incurva così tanto che la tazza non riesce a nascondere il sorriso.

"Ma... come?"

Fa un cenno al tavolo. "Mi sono svegliata con la finestra aperta e questa pozione a portata di mano".

Il vento fa ondeggiare la mini pergamena attaccata alla bottiglia con un filo dorato. La scrittura aliena è chiara, ma non riesco a capire una parola. Il mio chip di traduzione funziona solo con i suoni. Sono bloccata su un pianeta dove non posso più leggere. Non che Ma o chiunque altro nel villaggio abbia molti libri.

"Non riesco a leggere quello che c'è scritto", dico, cercando di nascondere la mia frustrazione. "Il mio chip non funziona con le parole scritte".

"È da parte del re". Allunga una mano per prenderla e io gliela porgo. "'Se siete stati toccati dalla Morte Rossa', legge, 'prendete tre gocce di questa pozione una volta al giorno finché l'eruzione non sarà scomparsa. Ogni casa ne ha ricevuto una bottiglia. Se vi sentite bene, per favore date la vostra dose a qualcuno che ne ha bisogno. Le benedizioni siano su tutti voi'".

"È stato lui", sussurro.

"Che vuol dire?"

"Niente. Vuoi dell'altro tè?". Mi volto verso il bancone, ma ecco che il vento riprende a soffiare forte davanti a me. Il bricco fluttua nell'aria e si inclina di lato per versare il tè in una tazza galleggiante.

"Smettila!" borbotto, bloccando la vista a Ma con il mio corpo e strappando via all'aria sia il bricco che la tazza. Come farò a spiegare che sono andata in un castello infestato e ne sono tornata con un malandrino vento magico?

"Rose", dice mamma. "Ti senti bene?"

"Sì?" Le mie guance sono un po' calde. Non ho la febbre. Ho dei dolori, ma sono dovuti alla salita al castello, e non ho intenzione di ammetterlo con Ma. "Non ho dormito molto bene". Prendo con me il mio tè e mi vado a sedere sulla sedia di fronte a lei. Come tutti i mobili qui, la sedia è a misura di Ulfarri, e il mio corpo, più minuto, ne è come inghiottito. Mi sento come Riccioli d'Oro nella capanna degli orsi. "Perché? Ti sembro diversa?"

Mi studia, con un solco tra le sopracciglia. "Sembra che tu stia bene. Bella come sempre. Ma c'è qualcosa nel tuo profumo..."

"Giusto". Trasalisco e metto giù il tè. "Sono rientrata tardi, ieri sera. Probabilmente dovrei fare un bagno...".

"No, non è quello. È un buon profumo".

"Oh, quello. Sono i fiori di luna. Crescono dappertutto". *Anche nella mia camera da letto, sulle pareti...*

"Sì, immagino. Hai preso la tua medicina?".

Ops. Sapevo di aver dimenticato qualcosa. "La prendo subito". Mi precipito verso l'armadietto. Meglio non ammettere con Ma di aver saltato la dose, ieri. "Abbiamo finito le bacche di *boola*". Nella ciotola che contiene le erbe di cui ho bisogno non c'è altro che qualche triste foglia attaccata al fondo. "E la foglia di *keeba*".

La mamma schiocca la lingua e fa per alzarsi. "Posso..."

"No". Mi affretto a posarle una mano sul braccio. "So dove posso raccoglierle. Tu resta qui a riposare".

Mi copre la mano con la sua. La pelle rugosa è secca come carta e la sua presa è ancora debole, ma sembra già stare molto meglio, grazie a Dio. "Rose, devi prendere la medicina".

"Lo so. La prenderò. Devo solo fare scorta di ingredienti. Credo di aver visto crescere una distesa di bacche di *boola* lungo il sentiero che porta al mercato". La sistemo di nuovo sulla sedia e spingo la tazza verso di lei. "E, mentre sono fuori, vado a prendere qualcosa da mangiare. Hai bisogno di nutrirti, se vuoi recuperare le forze".

"Bambina?"

Mi fermo. "Sì, Ma?"

Per un attimo, sulla sua sedia gigantesca, sembra piccola e fragile. "Grazie".

Non può ringraziarmi per l'escursione al castello: non sa che l'ho fatta. Ma la sua gratitudine mi riscalda il cuore comunque. "Ma certo. Tu hai fatto lo stesso per me".

"Prendi il mantello", grida. Il vento arriva prima di me alla rastrelliera, ma riesco ad afferrare l'indumento prima che Ma possa accorgersi che si sta librando nell'aria. Trattenendo un sospiro, esco di casa.

Il vento malandrino mi accompagna al mercato.

Mi precede in picchiata, togliendo le pietre dal mio cammino. In qualche modo, comunica con i rampicanti dei fiori di luna, facendoli arretrare prima che io li calpesti; il che è un bene, perché stanno spuntando ovunque. Quando passo, i fiori sembrano sbocciare in maggiore quantità, ma sono sicura che è solo la mia immaginazione. I miei sensi – dopo aver visitato quel castello... e aver sentito quel profumo delizioso – sono scombussolati, per non parlare del fatto che sono ritornata con un vento magico, al quale ho deciso di dare un soprannome: Malandrino.

Almeno mi tiene indietro le trecce quando mi accovaccio per prendere un po' d'acqua dal fiume.

Potrei abituarmi a questo tipo di trattamento.

"Molto utile, grazie", dico a Malandrino, che vortica intorno alla mia gonna, tirandola come uno stilista che si agita nel backstage di una sfilata. "Ma, quando siamo in mezzo ad altre persone, devi aiutarmi... in modo meno evidente".

Malandrino svolazza avanti e indietro tra le trecce. Riesco a percepire la sua confusione.

"Meno *ovvio*. Facciamo pratica. Fai solo finta di essere un vento normale, non magico".

La mia gonna si gonfia e si solleva come se fossi Marilyn Monroe sopra una grata.

"Meno forza!" grido alla burrasca, che si placa. "Delicato e gentile: una brezza, uno zefiro. Tutto qui".

Per fortuna io e Ma viviamo oltre il fiume. Ci manca solo che qualcuno mi trovi a parlare con l'aria.

Il sole è alto, ma non fa troppo caldo, grazie a Malandrino, che soffia dolcemente sul mio collo. Ma sta meglio: il re ha smesso di ruggire abbastanza a lungo da riuscire a mandare delle medicine. La mia missione è stata un successo e, soprattutto, nessuno lo saprà mai.

Al cancello del villaggio ci sono più soldati alfa di prima, ma io abbasso la testa e li supero. Sotto il cappuccio, non riesco a smettere di sorridere.

Non sono l'unica ad essere ottimista. La differenza tra gli abitanti del villaggio tesi e ansiosi di ieri e quelli sollevati e felici di oggi è netta.

Comincio dalla panetteria e poi vado a comprare della frutta, ascoltando casualmente le conversazioni della gente lungo la strada. Tutte cose positive: c'erano bottiglie di pozione su ogni porta di casa, il tizio si sente già molto meglio, è un miracolo, Ulf sia lodato, eccetera.

Un soffio d'aria intorno alle orecchie indirizza la mia attenzione sul gigantesco mulino a vento che sovrasta la taverna.

"Ok", sussurro nel colletto. "Vai a giocare. Ma sii gentile...".

Malandrino si allontana così velocemente da sembrare un jet in volo.

Pochi secondi dopo, il vecchio mulino a vento scricchiola. Le pale di legno iniziano a ruotare, prima lentamente, poi sempre più velocemente. La gente smette di parlare per fissarlo.

"Guarda un po'", dice il fruttivendolo, indicandolo. "Non lo vedevo andare così veloce da quando ero piccolo".

Abbasso la testa e mormoro: "Non distruggerlo".

Il venticello torna da me prima che io raggiunga la bancarella di Leelah. Mi soffia intorno al collo, e ho la sensazione che sia stanco ma soddisfatto. "Sono felice che ti sia divertito, Malandrino. Ora, comportati bene".

"Rose!" Leelah mi fa cenno di avvicinarmi.

"Leelah". Le rivolgo un ampio sorriso. "Sono così felice di vedere che stai bene". Non c'è traccia di eruzioni cutanee sul collo o sul viso.

"Sì, il re sia lodato!"

Mi impedisco di alzare gli occhi al cielo. "Certo, il re. Credo che sia arrivato al momento giusto".

"L'ha fatto. Grazie all'omega". L'espressione di Leelah diventa sognante. "È stata lei a salvarci tutti".

"Ehm... e adesso?".

"Non ci credevo nemmeno io, ma a quanto pare è vero. La leggenda si è avverata! Un'omega ci ha salvati tutti".

Un alfa vicino volta di scatto la testa in direzione di Leelah. Mi allontano da lui, ma Leelah non se ne accorge. È troppo occupata a fare il panegirico dell'omega.

"È andata al castello e, ovunque toccasse, fiori di luna sbocciavano. Quando è arrivata alle porte del castello, queste si sono aperte davanti a lei. Ha spezzato l'incantesimo e svegliato il re dal suo sonno!".

Ripercorro nella mia testa gli eventi di ieri sera. La storia di Leelah è un'interpretazione dei fatti. "Immagino che dovremmo ringraziarla, allora".

"Proprio così". La voce di Leelah si abbassa a un sussurro: "Nessuno riesce a trovarla. È scomparsa. Il re ha messo in allerta tutti i suoi soldati per cercarla".

Oh, merda! Ecco perché ci sono alfa dappertutto. Faccio finta di asciugarmi la fronte e tiro il bordo del cappuccio sul viso. "Sanno che aspetto ha?". La mia voce è acuta. Malandrino mi soffia sulla schiena, ed è una bella sensazione, perché sto sudando per il panico.

"No. Il re non l'ha vista bene".

"Oh, bene. Voglio dire... non va bene. Non ha lasciato una scarpa o qualcos'altro che lui possa usare per identificarla?".

"Una scarpa?" Leelah storce il naso. "Come si può identificare qualcuno da una scarpa?".

"È quello che ho sempre detto. Non importa. Idea stupida".

Due alfa si avvicinano con aria truce. Mi chino in avanti come per ispezionare la superficie del piano di lavoro di Leelah.

"Beh", dico con disinvoltura dopo che i soldati si sono allontanati, "devo andare. Ma mi sta aspettando. Si sta ancora riprendendo".

"Fammi sapere se hai bisogno di qualcosa".

"Lo farò". Ricordo la lezione di Ma e mi fermo per chiedere: "Conosci qualcuno che venda foglie di *keeba*? È per una tintura. Mi servono delle bacche di *boola* e delle foglie di *keeba*. Una volta c'era un cespuglio di bacche di *boola* lungo il sentiero, ma quando ho guardato poco fa non l'ho trovato".

Leelah sbatte le palpebre. "Per chi è questa medicina?".

Faccio spallucce. "È solo una cosa che piace fare a Ma". Era il mio secondo giorno di permanenza qui quando la mamma mi porse una tazza di liquido verde muschio e mi disse di buttar giù l'amaro infuso: "*Devi prenderlo ogni giorno. Per la tua sicurezza e sopravvivenza*". Mi fece ripetere i passaggi della ricetta finché non imparai il processo di preparazione alla perfezione.

Leelah ha un'espressione strana e intensa sul volto. "Questi ingredienti sono rari. Ho un po' di *keeba* ma non di *boola*. E non chiederei in giro. La gente non deve sapere che prepari un bloccante dell'estro".

"Bloccante dell'estro?" ripeto.

"Zitta", sibila lei. "Non così forte". Lancia un'occhiata al gruppo di alfa che stazionano vicino alla taverna. Sono tutti concentrati sul mulino a vento che ha misteriosamente smesso di girare così velocemente, ma lei mi fa comunque cenno di avvicinarmi. "Quelle erbe un tempo erano ambite dalle omega". L'ultima parola è appena udibile, pronunciata a voce molto bassa.

"Non pensavo che fossero rimaste molte o...", ometto la parola *omega* all'ultimo secondo, "di loro".

"Nella generazione della mia bisnonna ce n'erano molte. E tutti sapevano che Matron Dia, la guaritrice che insegnò a tua madre, era colei che forniva la pozione per far cessare i loro cicli. Per permettere loro di nascondersi".

Sbatto le palpebre. "Perché volevano nascondersi?".

"Perché una volta che vanno in calore, ogni alfa che le fiuta va in calore. E, una volta che un alfa è in calore, quasi nulla può impedirgli di soddisfare il suo bisogno di accoppiarsi.

Ah! Non c'è da stupirsi che Ma sia così cauta con gli alfa.

"Quella pozione di cui hai parlato, quegli ingredienti..." Leelah continua: "...sono illegali. Evita che..." – azzarda un'altra occhiata alle guardie del re – "... ti scoprano a chiederli in giro".

"Capito. Grazie". Quando tornerò a casa, Ma dovrà darmi delle spiegazioni.

"Attenzione! Attenzione, tutti!" Un anziano beta dai capelli rosa, con un'elegante veste ricamata in blu e oro, è in piedi su un palco al centro della piazza, circondato da soldati. Tiene in mano una grande pergamena, che sembra una versione più grande di quella piccola che Ma ha letto stamattina.

"Un annuncio!" La voce del beta risuona nella piazza. "Per ordine del re".

I soldati guardano la folla di abitanti del villaggio finché il chiacchiericcio concitato non si placa.

"Il re ha annunciato un Patto per una nuova regina. Visiterà ogni villaggio a turno per scegliere una compagna. Tutte le femmine idonee in età fertile riceveranno un invito formale". Il beta solleva un secondo quadrato di carta dorata. "Se riceverete un invito, dovrete prepararvi e presentarvi nella piazza della città... stasera al tramonto". Si schiarisce la gola e scende dal palco. Gli abitanti del villaggio si lasciano andare a rumorose congetture.

Leelah mi rivolge gli occhi lucidi. "Non è meraviglioso? Il re viene in visita. Stasera!"

Mi lecco le labbra secche. "Che cos'è un Patto per la regina?".

"Un'antica usanza dei Medii. Il re si reca in ogni villaggio per incontrare tutte le potenziali compagne idonee. Tradizionalmente, sceglieva un'omega affinché diventasse la sua regina. Come adesso, non vedi? Sta cercando la sua omega!".

"Ottimo", dico debolmente. "È meglio che vada". Mi allontano dalla bancarella di Leelah, con lo sguardo fisso sul beta in tunica e sui soldati che lo circondano. "Preparati a correre", mormoro a Malandrino.

Lui sbuffa intorno alle mie orecchie, per poi abbassarsi sibilando e sospingermi in avanti per l'orlo della gonna. L'avvertimento mi è giunto troppo tardi. Con la schiena colpisco un solido muro.

Non un muro; un alfa. Alzo lo sguardo verso il volto familiare del soldato. È Byrol. Mi stringe il braccio, con le narici che si aprono, proprio come l'ultima volta.

"Oh, cazzo!" Non di nuovo.

Il vento, in preda al panico, mi gonfia le gonne.

"Byrol!" grida un altro Alfa, e Byrol abbassa la testa, portandola vicino alla mia.

"Va' a casa a prepararti", mi ringhia all'orecchio. "Ti verremo a prendere poco prima del tramonto". Mi lascia andare e io scappo via come se i miei stivali fossero in fiamme. Malandrino corre con me, facendo ondeggiare il mantello dietro le mie spalle.

Non mi fermo finché non sono di nuovo al cottage. Irrompo attraverso la porta d'ingresso, ricordandomi troppo tardi che forse Ma sta sonnecchiando.

Non sta sonnecchiando. È accampata sulla sua sedia, con un quadrato di pergamena dorata sulle ginocchia e un'espressione estremamente preoccupata sul volto.

"Oh, Rose", dice con voce rotta, tenendo in mano l'invito formale del re. "Che cosa hai fatto?"

6

ROSE

Anche se ho ventisette anni, Ma può farmi sentire come una bambina di cinque colpevole di aver mangiato un biscotto. Resisto all'impulso di trascinare la punta dello stivale sul pavimento. "Sono andata a trovare il re".

"Tu *cosa*?"

Quando trovo il coraggio di incontrare il suo sguardo, vedo che i suoi occhi sono enormi pozze di stupore. Grazie a Dio, non è arrabbiata. "Ieri, al mercato, Leelah diceva che questa misteriosa malattia era come la Morte Rossa. Mi ha detto che tutto ciò era già successo in passato e che il re aveva trovato la cura. Quando ho visto l'eruzione cutanea sul tuo viso, ho pensato che fosse l'unica cosa da fare".

"Oh, Rose", ripete Ma.

Aspetto che continui, che mi rimproveri, che mi faccia domande, qualsiasi cosa; invece si limita a guardarmi. Non riesco a decifrare la sua espressione. "Ma?"

"Ti ho fatto del male", sussurra.

"Cosa? No..."

"È ora che ti dica la verità. L'ho tenuta nascosta per troppo tempo. Per una vita intera".

Sprofondo nella sedia di fronte a lei. Le dita lunghe e

sottili di Ma stringono la coperta che le copre il grembo. Vorrei prenderle la mano, ma lei sta guardando il fuoco come se vi leggesse il suo futuro.

"Sono un'omega", dice. La frase suona come un sospiro.

Sbatto le palpebre. "Cosa?"

"È vero. Mi nascondo da decenni".

"Ma... pensavo che le omega fossero rare o che non esistessero. In pratica si sono estinte o qualcosa del genere".

"Oh, noi esistiamo. Sì, il tasso di natalità è crollato, ma ci sono altre omega qui a Ulfaria". Tenta un sorriso ironico. "Si potrebbe dire che siamo tanto rare quanto fertili".

"Perché mi stai dicendo questo?".

"Perché non si tratta più solo di mantenere un mio segreto. Non ti sei mai chiesta perché ti ho sempre detto di evitare gli alfa? Di nasconderti?".

"Pensavo che fosse perché sono un'umana".

"No. Tu sei diversa, ma loro lo accetterebbero. Devi nasconderti perché anche tu sei un'omega".

Rido. Non vorrei farlo, ma... "Ma, no. Non è possibile che io appartenga a una sottoclasse della società degli Ulfarri. Sono un'umana. Provengo dalla Terra. Da New York, per la precisione".

"Non so come sia possibile, ma so che è vero. Ne sono certa. Tu sei un'omega".

Apro la bocca e lei alza una mano.

"Lo so per certo perché lo sono anch'io". I suoi penetranti occhi blu mi guardano con attenzione. "E lo sento dal tuo odore. Puoi pure essere un'umana, ma sei anche un'omega. Proprio come io sono un'Ulfarri e un'omega. E soprattutto, se io posso capirlo dal tuo odore, possono capirlo anche loro".

Loro?

La domanda deve trasparire dalla mia faccia, perché lei continua: "Gli alfa. Gli alfa possono riconoscere le omega dal profumo. È la loro natura. Gli alfa sono i nostri guerrieri. Sono nati per combattere, per comandare, ma soprattutto sono nati per trovare la loro omega perfetta. Per trovarla e reclamarla come compagna. E le omega possono fare lo stesso. Se fiutano l'alfa giusto, si predispongono all'accoppiamento. Si chiama "calore" negli alfa e "estro" nelle omega. Può durare da giorni a settimane, durante le quali l'alfa e l'omega si uniscono il maggior numero di volte possibile, con l'intento di concepire".

Le mie sopracciglia si alzano sempre di più. Anche il vento è fermo, in ascolto.

"Un alfa in calore può essere fuori controllo. Pericoloso", afferma Ma nel suo tono più serio. "Se tu e l'alfa sbagliato vi annusate e lui va in calore, puoi scordarti di scappare", continua cupa. "Ti avrà, in un modo o nell'altro. Non solo, ma non ci penserà nemmeno a lasciarti andare".

"Perché no?"

"L'istinto di un alfa è quello di riprodursi. Soprattutto quando inizia il calore. Dal momento che non può mai ingravidare una beta – non va nemmeno in calore con loro – per lui tu saresti un gioiello prezioso. Una compagna perfetta".

Un formicolio mi corre lungo la schiena. Ricordo quel profumo intenso e seducente. Il profumo di un alfa. Stavo annusando il re. Un alfa. E aveva un odore così buono.

Ma non è possibile che io sia un'omega; quindi...

Il vento agita le mie trecce e io scatto sull'attenti. Ma sostiene che in qualche modo sono un'omega, che reagisco a un impulso biologico, ma io mi rifiuto di crederci. Sono anni che non vado con un ragazzo. Forse ho solo una gran fame, ed è per questo che il re aveva un così buon odore.

Si china, afferrando la mia mano. "Devi fidarti di me, Rose", dice. "Se un alfa ti reclamerà, non potrai più andartene. Ti terrà per sempre con sé o morirà nel tentativo di impedirti la fuga. Lo capisci?".

La mia mente è in preda al panico. Sono così tante le informazioni nuove da assimilare. "Certo", riesco a dire.

"La medicina che ti do è un bloccante dell'estro. Devi prenderla sempre, ogni singolo giorno. Impedisce che tu vada in estro e maschera il tuo odore".

"Leelah dice che gli ingredienti sono illegali".

I suoi occhi si restringono. "Lo sono, mia cara, ma la maggior parte della gente l'ha dimenticato. Non avresti dovuto parlarne con Leelah. Per fortuna, credo che ci si possa fidare di lei. Ma non parlarne con nessun altro. Mai. Dobbiamo stare molto attente. Le omega rimaste sono troppo poche".

"E tu sei una di loro. Per questo sapevi della pozione".

Sorride tristemente. "Come omega che non ha mai voluto accoppiarsi con nessuno, l'ho preso ogni giorno per tutti i miei anni fertili. Funziona, ma solo se non si salta mai una dose".

Un brivido di panico mi percorre la schiena. Ho saltato due dosi. "Cosa succede se... salti una dose?".

"Vai in calore. Gli alfa possono sentirne l'odore e questo può mandare in calore anche loro".

La mia pelle diventa umida e rabbrividisco. "Non ho più ingredienti per fare la pozione", ammetto. "Stasera mi aspettano nella piazza del villaggio. Uno dei soldati ha detto che sarebbero venuti a prendermi poco prima del tramonto". Guardo la finestra. Ho ancora qualche ora, prima che ciò accada.

"Devi scappare! Vai al fiume e nasconditi. Non devono trovarti. Fai le valigie e parti subito".

"Ma..."

"Io starò bene". Mi prende il viso tra le mani. "Troverò il *boola* e il *keeba* per preparare la medicina e verrò a cercarti.

Vai al fiume, dove l'acqua può aiutarti a coprire il tuo odore".

Con il cuore che batte all'impazzata, mi precipito al piano di sopra. Malandrino mi precede, sfrecciando lungo il corridoio e aprendo di botto la porta della mia camera da letto. Lo seguo, e mi ritrovo nel bel mezzo di un mini turbine.

"Cosa metto in valigia? Vestiti extra?"

Rogue tira giù tre vestiti e li arrotola in una palla. La coperta si solleva dal letto e si avvolge intorno al bagaglio improvvisato.

"È sufficiente", mormoro.

Mi fermo davanti al catino per spruzzarmi un po' d'acqua sul viso. Ho molto caldo. È la febbre? Ho preso la malattia o sto già entrando in estro?

Scosto il colletto dal collo, liberando un'esplosione di profumo floreale simile a mille fiori di luna che sbocciano tra i miei seni. Questo deve essere il profumo omega.

"Portami un fiore di luna", dico a Malandrino, che corre alla finestra per far entrare un rampicante. Strappo un fiore e lo nascondo dietro l'orecchio. Forse posso ingannare la gente facendole credere che il mio profumo sia dovuto al fatto di essermi rotolata in una distesa di fiori di luna.

Ma mi raggiunge alla porta con un pacco di cibo e una borraccia. "Vai!"

Le bacio la guancia color malva. "Tornerò. Tutto questo passerà e le cose torneranno alla normalità".

"Ulf, fa' che sia così", intona una preghiera. Dai suoi occhi traspare preoccupazione.

Procedo di buon passo e raggiungo il fiume senza problemi. "Quasi al sicuro", sussurro a Malandrino. Le ultime parole famose.

Un suono mi induce a fermarmi. Alcune giovani

femmine Ulfarri stanno risalendo dal fiume, cantando, con fiori di luna tra i capelli e tra le braccia.

È uno spettacolo incantevole, se non fosse per la pattuglia di alfa che sta seguendo il gruppo.

Mi faccio da parte per lasciarle passare, ma un soldato dallo sguardo duro mi fa cenno di unirmi alle altre. A testa china, obbedisco, unendomi alle ragazze. Il vento fa volare alcuni fiori di luna nella mia direzione e io me li stringo al petto, stampandomi un sorriso ebete sul volto, in modo da sembrare entusiasta come le altre. Sono tutte beta.

"Non è emozionante?", sospira una di loro. Mi ricorda Leelah. "Il re sceglierà una sposa. Il nostro villaggio è il primo a tenere il Patto per la regina".

"Fantastico", rispondo. Lei fa un ampio sorriso e continua a camminare. Come ho detto, su questo pianeta non capiscono l'ironia.

I soldati serrano i ranghi intorno a noi e ci incolonnano verso il villaggio. Forse, una volta arrivata lì, potrò scappare.

Ma no, veniamo portate proprio al centro della piazza, dove le bancarelle del mercato sono state spinte indietro per fare spazio a una grande piattaforma. I soldati aiutano ogni donna beta a salirci a turno. Balzo su prima che qualcuno possa toccarmi e cerco di farmi strada verso il centro del gruppo, in modo da restare un po' nascosta.

"Cerca di distrarli", sussurro a Malandrino, che subito si allontana, soffiando tra la folla, arruffando i capelli delle persone e abbassando i loro cappucci.

Mi avvicino al fondo della piattaforma, cercando una via di fuga. I soldati hanno formato un muro intorno al perimetro. Uno di loro si sporge in avanti, con le narici che si aprono per respirare la nostra combinazione di odori.

Mi tiro il cappuccio sul viso e spero che i fiori di luna riescano a coprire il muschio floreale che emana dai miei pori. Al diavolo questa storia delle omega! Sono un'umana. Come cazzo è possibile che stia andando in estro?

"Guardate! Il mulino a vento!" grida qualcuno.

Il legno scricchiola mentre le pale vanno sempre più veloci fino a confondersi.

"Sta per cadere!"

Intorno a me la gente urla e si precipita giù dalla piattaforma. Mi lascio trascinare e salto giù, sfrecciando tra la folla.

"Ehi!" Un soldato mi afferra per il mantello, ma io mi fiondo nella taverna, correndo tra i camerieri e i clienti scioccati, fino a uscire dalla porta sul retro. Un gruppo di abitanti del villaggio si è riunito lì per brindare al re. Si girano tutti insieme e la birra di qualcuno mi schizza addosso. Questa è l'ultima delle mie preoccupazioni.

Alle mie spalle si alzano delle grida. Un soldato alfa ringhia e si fa strada nella taverna verso di me.

Abbasso la testa e corro. Malandrino mi raggiunge, sbuffandomi sulla nuca mentre corro lungo la strada.

"Li hai distratti davvero!" gli dico.

La birra gioca a mio favore, coprendo il mio odore, ma quando raggiungo il fiume il suo effetto si è già quasi esaurito.

Nelle vicinanze c'è un'altra pattuglia di soldati. In qualche modo, riesco a sentire il loro odore: un profumo di bosco con una nota salata e acida, come di uva fermentata. Corrugo il naso.

Ho quasi raggiunto la riva, quando una mano carnosa mi afferra il braccio.

Il soldato alfa mi strattona per non farmi proseguire.

Byrol.

I suoi occhi sono vitrei. "Sapevo che saresti scappata. Ma ti ho annusato per primo e ora sarai mia, *omega*".

Malandrino si alza all'improvviso, facendo ricadere il mio mantello sulla testa dell'alfa con una folata.

Mi sottraggo alla presa di Byrol e fuggo, lasciandomi alle spalle il mantello. I rampicanti si districano davanti a me e si riannodano dopo il mio passaggio, tagliando fuori il soldato. Il vento leggero mi accarezza il viso.

"Vai!", gli dico. "Cerca aiuto!"

Non so cosa diavolo possa fare Malandrino, ma forse lui lo sa meglio di me.

Soffia forte davanti a me, separando ancora di più i rampicanti. I fiori di luna sbocciano al mio passaggio, e azzardo un'occhiata per controllare che, dietro di me, i rovi spinosi si stiano ancora intrecciando in reti, rallentando l'avanzata dell'alfa.

Le felci sussultano e fremono. Byrol sta tagliando i rampicanti. I suoi muscoli si ingrossano e lui emette un ruggito.

Mi allontano, inerpicandomi su per la collina il più velocemente possibile.

Non c'è speranza. Le torce si accendono nella luce fioca del crepuscolo. Altri alfa ci hanno avvistato e stanno venendo in aiuto di Byrol. "Fermatela!" grida uno di loro. "È l'omega!"

Sono ormai senza fiato e in preda al panico, quando ecco che la stessa magia dell'ultima volta prende vita. Il terreno rotola sotto i miei piedi: un'onda di muschio che mi trasporta più in alto sulla collina.

Raggiungo le mura del castello. Il cancello è davanti a me, ma è chiuso. *Ti prego, magia, aprilo. Ti prego, ti prego...*

I soldati stanno attraversando la boscaglia, sciamando dietro di me sulla collina. Ho quasi raggiunto il cancello, quando ne vedo uno farsi strada tra le spine.

È di nuovo Byrol, che, sbucato dalla boscaglia, si avvia

lungo il sentiero che sto percorrendo io. Sanguina da decine di graffi. Le luci delle torce dei suoi compagni si avvicinano.

Arretro verso il muro del castello. Byrol si avvicina, con un ghigno intimidatorio sul volto. Pensa di avermi catturata.

Una leggera brezza soffia sulle mie guance. Malandrino è tornato. Ha portato aiuto?

Giro la testa e sento un nuovo profumo nel vento: un muschio familiare e inebriante che mi fa girare la testa. È fresco e pulito, secco all'olfatto, come il legno di cedro. Il re è vicino.

Un possente ruggito fa spalancare le porte del castello magico.

Byrol resta fermo sul posto, afferrando il mio mantello. Tutto intorno a me si fa sfocato, ed è come se lui venisse travolto dalla zampa di un gigante invisibile, per poi schiantarsi nella boscaglia.

Un'ombra enorme si frappone tra me e il soldato sconfitto. Mi vortica addosso: una grande forma incappucciata con occhi verdi incandescenti. Le sue spalle massicce si incurvano mentre si avvicina; le sue mani tese sono dotate di artigli mostruosi.

L'odore secco di cedro irrompe tra il profumo dei fiori di luna, cancellando il mio panico e rendendomi di nuovo facile respirare. Dovrei correre; invece, inspiro e faccio un passo avanti, verso l'ombra della bestia.

Un ringhio si sprigiona dall'enorme petto, facendo vibrare il terreno.

Il mio cuore comincia a battere forte. Sento un intenso pulsare tra le gambe, poi uno zampillo caldo. Le ginocchia mi cedono. Crollo contro il muro dietro di me.

Prima che possa cadere, il gigante profumato di cedro mi prende velocemente tra le braccia. Il ringhio che poi emette fa scorrere nel mio nucleo una scarica di desiderio.

Non ho mai conosciuto una lussuria del genere prima

d'ora. Ansimo, tremo, brucio. Questo calore mi incenerirà dall'interno.

Il profumo della bestia mi inonda, come acqua che ravviva i miei sensi inariditi. Senza capire perché, premo il viso contro la spessa stoffa del suo mantello e, alla disperata ricerca di sollievo, inspiro l'odore delizioso.

"Shhh", mormora con una voce che è poco più di un ringhio. "Ora sei al sicuro".

Ci muoviamo così velocemente che le pareti del palazzo sono una macchia indistinta. Ma lui mi stringe con così tanta attenzione. Così delicatamente.

Il suo cappuccio rivela poco più di una pozza di oscurità. Non riesco a vedere il suo volto.

Il mio soccorritore mi porta in una stanza buia e mi rimette in piedi. Mi sento ubriaca. Un soffio di vento alle caviglie mi scioglie i lacci e allenta gli stivali finché non riesco a togliermeli. È Malandrino? Il vento mi arruffa l'orlo della gonna, in modo quasi rassicurante.

"Vattene!", ordina la bestia di scatto, e Malandrino scompare come risucchiato nel vuoto. Sono sola con l'enorme alfa.

Si avvicina, riempiendo la mia visuale. È così enorme che consuma tutta l'aria della stanza. Abbassa la testa, quasi soffocandomi con la sua mole massiccia, e ringhia. Il suono mi fa tremare le viscere. Una piccola eruzione esplode nel mio clitoride. Un piacere estremo mi pervade, e mi aggrappo alle sue spalle per sorreggermi.

Il ringhio si attenua, così come i brividi lungo il mio corpo. L'enorme zampa della bestia mi sfiora la pelle. Mi inarco nel suo tocco.

"Squisita", mormora con la sua voce profonda e cupa. Vorrei raggomitolarmi tra le sue braccia, cullata dai suoi toni rilassanti. Niente di tutto questo ha senso, ma la mia logica è sparita, persa nelle sensazioni. Percepisco al tatto i suoni e odo i colori. C'è una spirale di disperato bisogno che si sta formando dentro di me, e tutto ciò che è in me vuole immergersi nella vista, nell'odore e nel sapore della bestia.

"Cosa sta succedendo?" riesco a sussurrare.

"Sei in estro, piccola".

Estro. Non ha senso. Devo dirgli che sono umana. L'estro non c'entra niente con me. "Ma..."

"Dimmi il tuo nome".

Non posso resistere al comando. "Rose".

"Rose". Sembra soddisfatto. "La mia tanto attesa omega".

Apro la bocca per negare questa affermazione, ma riesco solo a emettere un gemito. Sono in preda a qualcosa di più grande di me, qualcosa che non capisco.

E l'unico che può aiutarmi è la bestia.

7

BESTIAN

IL DOLORE ALL'INGUINE È INDESCRIVIBILE. Il cuore batte forte nel petto, mentre i miei sensi vacillano nel percepire il suo profumo dolce e leggermente piccante. E la sensazione della sua pelle sotto le mie dita...

Ho letto innumerevoli scritti sul calore, ho sognato questo momento molte volte, ma non ho mai pensato di poterlo vivere in prima persona. Eppure eccomi qui, con una vera omega tra le mani.

Ed è la creatura più bella che abbia mai visto. La sua pelle liscia è di una tonalità così scura e profonda che non riesco a vedere i suoi segni. I suoi intensi occhi, di un colore castano dorato, sono incorniciati da ciglia lunghissime, che in questo momento sbattono beatamente.

Non ho mai scopato una femmina, ma ho letto molto al riguardo, e mi lascio guidare dall'istinto mentre passo le mani sul suo corpo delizioso. Il sedere è sodo e rotondo tra i miei palmi e mi viene un'improvvisa voglia di sculacciarlo. Più tardi, mi dico. Voglio essere delicato con lei, almeno all'inizio.

"Rose", mormoro. Un nome insolito per una ragazza insolita. Lei mi guarda e, quando la sua piccola lingua rosa esce per leccare il labbro inferiore, l'ultimo brandello di autocontrollo cui mi aggrappavo va in frantumi. Allungando un artiglio, strappo il vestito dal suo corpo perfetto, lasciandola completamente nuda. Ora posso esplorare tutto di lei.

Chinandomi, premo la mia bocca sulla sua, gustando il suo sapore e la scarica di piacere che mi attraversa alla deliziosa sensazione delle nostre lingue che si incontrano. Ritraggo gli artigli, e le mie dita trovano i suoi capelli; si attorcigliano alle trecce e la stringono a me mentre mi abbevero avidamente alla sua fonte.

L'uccello pulsa in sincrono con il mio battito cardiaco.

L'altra mano trova il suo seno e ne sfiora il capezzolo teso. Lei mugola contro le mie labbra, e io devo reprimere un gemito.

La bacio e continuo a baciarla finché non restiamo senza fiato, continuando a toccare quel bocciolo turgido sulla punta del suo bel seno. Lo accarezzo, lo tiro, lo pizzico, ascoltando attentamente le sue reazioni. Poi lascio che la mia mano vaghi più in basso, sul suo ventre liscio, giù, giù... fino a toccare il suo centro. Lei emette un sussulto quando trovo il suo clitoride e lo accarezzo delicatamente, facendo dei piccoli cerchi, poi strofinando su e giù, con la punta delle dita che scivolano facilmente lungo le pieghe gonfie del suo sesso.

Lei muove i fianchi mentre si afferra alla mia spalla, emettendo i più deliziosi mugolii. I suoi umori mi colano sul palmo della mano e io ne uso un po' per dipingere quel bocciolo del piacere, che si sta ingrossando. La accarezzo con maggior vigore e più velocemente per un po' prima di rallentare di nuovo, testando le sue reazioni per tutto il tempo.

Le piace lento e deciso. Ed è adesso che inizia a tremare e mi stringe fino a quando le sue piccole unghie non affondano nella mia pelle.

Improvvisamente, avido di assaggiarla, mi inginocchio. Stringendole il sedere, la tengo fermamente in posizione, spingendo il mio obiettivo verso il mio viso. Non avrà scampo dal piacere che intendo darle.

Con un ringhio, lecco dentro di lei, mentre i suoi dolci umori si espandono sulla mia lingua. Il mio uccello sussulta, ma mi costringo a trattenermi. Per quanto io voglia scoparla, voglio anche assaporare questo momento.

Il suo clitoride è rigido mentre lo lambisco, lo succhio, lo faccio rotolare tra le labbra. Le sue mani si sono spostate sulla mia testa e ora le sue dita stringono il mio cappuccio, cercando di guidare i miei movimenti.

Questo non va bene. Io sono l'alfa. Ho io il controllo. Non sarà lei a comandarmi. La prendo in braccio e la stendo sul letto, prima di afferrarle i polsi e bloccarla. Lei geme, mentre i suoi fianchi si muovono.

Il suo profumo mi manda fuori di testa.

"Sta' ferma!" le ordino, e le posiziono una grande mano sopra il seno. Il suo respiro rallenta. Le sfere agli angoli della mia camera da letto lasciano a malapena filtrare la luce. È più che sufficiente per la mia visione notturna, ma lei non sarà in grado di vedermi chiaramente.

Mentre si calma, ammiro la sua forma slanciata. "Metti le mani sopra la testa e tienile lì", le dico, lasciandole andare i polsi, curioso di vedere se mi obbedirà.

Le sue dita si flettono. "Voglio toccarti".

"Più tardi. Per ora, fa' come ti dico".

Quando segue le mie istruzioni, vorrei ruggire in segno di trionfo. "Brava ragazza", sussurro mentre mi spoglio rapidamente dei miei vestiti. "Ora tienile lì finché non ti dico altrimenti".

Si lascia sfuggire un piccolo sbuffo, che io ignoro. Forse non capisce perché faccio quello che faccio, ma lo capirà. Col tempo.

Afferrando le sue caviglie sottili, le divarico le gambe e le sollevo, piegandole alle ginocchia, aprendola al mio sguardo. La sua deliziosa figa si separa per me, gocciolando, e faccio di tutto per resistere alla tentazione di infilare il mio uccello dentro di lei in questo stesso istante.

Invece mi prendo il mio tempo, sistemandomi di nuovo tra le sue cosce, con la mia lingua che trova ancora una volta il suo clitoride gonfio e turgido.

"Oh, cazzo!" mormora, e sento il suo corpo tendersi. "Ti prego... non fermarti!".

Faccio una pausa, alzando la testa per incontrare i suoi occhi. "Non osare comandarmi!" la avverto. Io sono il tuo re".

La sua testa si muove avanti e indietro, facendo sbattere le trecce sul suo viso. Gliele risistemo, e lei si calma con un brivido. "Ti prego", sussurra. "Ne ho bisogno". Gira la testa e mi lecca il palmo della mano.

Ringhio, mentre il mio uccello minaccia di scoppiare. Le palpo le natiche e le sollevo i fianchi all'altezza perfetta. Infilo la lingua nella sua fighetta stretta, infilzandola più a fondo che posso, più e più volte, finché lei non vibra di desiderio per me. Solo allora risalgo fino al clitoride, che lecco lentamente e con decisione, tenendola ferma con un braccio e allargandole le labbra della figa con la mano libera.

"Oh, Dio!" geme lei, che si dimena contro di me più che può.

"Non muoverti!" mormoro contro il suo clitoride. "Sta' ferma e prendilo!"

Le mie parole sortiscono l'effetto desiderato: un piccolo zampillo di umori scivola giù tra le sue natiche.

Riprendo a leccarla, tenendola ancora ferma e con il sesso aperto, portandola più vicino... sempre di più...

Rose emette una sorta di ululato, e il suo bocciolo comincia a saltare sulla mia lingua. Continuo a leccarla finché la sua figa non smette di stringere ritmicamente, spremendo fino all'ultima goccia di piacere dal suo corpo flessuoso.

"Oh, mio Dio!" sussurra. "Oh... wow!"

"Silenzio!". Spostandomi in alto, in modo che le nostre teste siano allineate, mi chino e la bacio con tutto il desiderio che lei suscita in me. Non posso più trattenermi. Se, quando avrò attenuato un po' il dolore ai testicoli, ne vorrà ancora, potrà averlo. Ma prima...

Mentre la mia lingua scava in profondità nella sua bocca, allineo il mio uccello. Sto perdendo liquido, e lei è così bagnata che impiego qualche secondo per trovare il punto giusto. Quando ci riesco, ho un attimo di autentico panico. E se sono troppo grosso? Non voglio farle male. Sembrava così stretta quando l'ho penetrata con la lingua.

Lei ondeggia i fianchi e io non riesco a trattenere un ringhio mentre la punta del mio membro la trafigge. Ulf, è una sensazione incredibile! Ed è solo la punta.

"Di più", sussurra contro le mie labbra. "Ti voglio dentro di me. Adesso".

Cosetta prepotente. "Osi dirmi cosa devo fare? Forse dovrei fare il contrario".

"Oh no, no!". Inarca la schiena, e il mio uccello sussulta come se volesse balzare dentro di lei. "Ti prego... *non* scoparmi!"

La ragazza è intelligente e spiritosa. Mi concedo una risatina prima di spingermi fino in fondo dentro di lei con un solo colpo di fianchi.

Lei emette una sorta di gemito, e la sua figa si stringe un po'.

Soddisfatto che le stia piacendo, mi abbandono all'incredibile goduria di scopare questa squisita femmina.

La sua figa si stringe intorno al mio uccello, che affonda come un guanto di seta bagnato, mungendomi mentre spingo, mandando dardi di estasi a sfrecciare nelle mie vene.

I suoi piccoli sussulti mi fanno impazzire, ma non sono sufficienti. Voglio di più.

Allungata la mano verso il basso, afferro un seno sodo, stringendo e pizzicando il capezzolo finché lei non emette un grido e sento che si sta bagnando intorno a me.

"Ti piace?" La mia voce si abbassa ulteriormente, fino ad assomigliare più a un ringhio che un susseguirsi di parole.

"Sì", sospira lei. "Oh, sì".

Rigiro crudelmente la rigida protuberanza". "E questo?"

"Mmmh-hhmmm".

"Si vede", sussurro. "Ogni volta che ti faccio male, la tua fighetta calda e stretta si stringe intorno a me".

Il sussulto che le suscitano le mie parole è accompagnato dalla prova della mia affermazione. Il mio nodo sta iniziando a formarsi, e sono pericolosamente prossimo a venire. Ma voglio assaporare questo momento incredibile ancora per un po', ed è per questo che cerco di distrarmi con la conversazione.

Nessuna delle antiche pergamene che ho letto e che descrivono l'accoppiamento si avvicina alla sensazione reale. Ed è vero: alle omega piace essere dominate.

"Dimmi che ne vuoi ancora", le dico.

"Ancora, per favore..."

Rivolgo la mia attenzione all'altra tetta, graffiandola delicatamente con le punte dei miei artigli: abbastanza forte da farle sentire la pressione, ma non abbastanza da lacerarle la pelle.

Lei sussulta sotto di me. "Cazzo, sì..."

"Stai andando bene, piccola omega".

"Non sono un'omega", borbotta.

"Ma lo sei". Spingo con forza dentro di lei, sottolineando la mia affermazione. "Sei nata per questo. Per essere scopata dal tuo alfa. Per ricoprire il mio uccello con i tuoi umori. Prenderai il mio nodo e tutto il mio sperma. Poi ti lascerò riposare". Ruoto i fianchi, spingendomi più in profondità. Le sue ciglia sbattono. "Dormirai e, quando ti sveglierai, il tuo istinto ti spingerà a preparare il tuo nido. Allora ti scoperò di nuovo. E ancora. E ancora". Alle mie spinte, tutto il suo corpo oscilla.

Solleva le gambe lunghe e sottili e me le avvolge intorno ai fianchi, cercando di farmi avvicinare.

"Sei così brava!" canticchio. "Stai ancora tenendo le braccia sopra la testa, proprio come ti avevo detto. Proprio una brava piccola omega. Vuoi abbassarle, adesso?"

Mormora il suo assenso, e un attimo dopo le sue unghie mi scavano le spalle.

"Brava ragazza", le dico. Un'altra ondata del suo profumo assale i miei sensi e non riesco a reprimere un gemito quando il mio nodo si espande completamente, sigillandola a me. Emette un rantolo nel momento in cui il rigonfiamento dentro di lei cresce, allargandola. "Ora sei mia, hai capito? Ti riempirò con il mio seme... Sei pronta?"

Prima che possa rispondere, perdo il controllo e raggiungo l'orgasmo, con il mio uccello incredibilmente rigido che sussulta ancora e ancora, sparando altro sperma dentro di lei a ogni pulsazione, finché non raggiungo l'apice e penso che potrei morire per quanto è bello. Non sapevo che qualcosa potesse essere così intenso.

Quando finalmente il piacere si è affievolito fino a diventare una calda sensazione, mi chino e lecco il contorno delle sue labbra carnose, cercando di entrare. Voglio assaggiare la sua lingua.

Ci baciamo per un momento mentre assaporo il fatto di essere su di lei, dentro di lei, con il mio membro bagnato dai nostri umori combinati.

Alla fine sollevo la testa e la guardo. I suoi occhi scintillano nella semioscurità. "Ne hai avuto abbastanza, piccola omega?"

"No..." Solo una piccola parola, e riesce comunque a sembrare stupita e imbarazzata.

Ridacchio. "Dimmi cosa vuoi".

Quando risponde, sento il sorriso nella sua voce. "Credevo che, se avessi chiesto qualcosa, non l'avresti fatto".

"Vedo che sei tanto intelligente quanto bella", le dico. "Era solo un gioco, piccola mia. Si dice che le omega trovino grande piacere nell'essere dominate, costrette alla resa... persino al dolore. E da quello che ho visto finora...".

"Non l'ho mai saputo", ammette. "Non ho mai saputo che mi piacessero così tanto quelle cose. Ma credo che mi piacciano...".

"Questo è solo l'inizio, dolce Rose. Ora dimmi cosa vuoi. Vuoi venire ancora?"

"Sì... Ma non so se posso farlo".

"Oh, puoi", le assicuro. "E lo farai. Ho intenzione di farti raggiungere l'orgasmo fino a farti svenire".

Si lascia sfuggire un piccolo sbuffo di incredulità. "Puoi provare. Ma non ti prometto nulla".

Chinandomi, le do un breve bacio sulle labbra. "No, tu no. *Io* sì".

ROSE

Non so cosa cazzo mi stia succedendo, quando diavolo mi sia trasformata in Miss Nympho, ma so che ne voglio ancora.

Molto di più.

Non riesco a vedere il suo volto, ma le mie dita esplorano le creste e i solchi del suo corpo enorme e possente. Questa bestia ombrosa con addominali a otto, braccia spesse come le mie cosce e la voce più profonda e possente che sia mai esistita mi sta facendo provare gli orgasmi più intensi della mia vita e scoprire perversioni che non sapevo di avere.

Per quanto mi ricordo, non ho mai lasciato che un uomo prendesse il controllo, prima d'ora, né dentro né fuori dal letto. Quindi, perché la mia figa si eccita quando mi pizzica il capezzolo così forte da farmi male, quando mi dà ordini, quando mi ricorda che non ho alcun controllo su questa situazione, né sul mio corpo?

Questi pensieri fugaci e oltraggiosi vengono interrotti quando lui tira fuori da me il suo uccello incredibilmente enorme. Il bruciore acuto che ne consegue mi fa gridare... e il mio clitoride si risveglia. Potrei giurare che il suo membro si sia ingrossato poco prima che lui venisse, e la sensazione che la mia figa venisse allargata ancora di più, fino al dolore, non ha fatto altro che portarmi verso l'orgasmo. Ma non sono riuscita a venire. Non ci riesco mai solo con la penetrazione. Ecco perché sono ancora così ridicolmente, dolorosamente eccitata.

Quando si ritira, è come se avesse rotto una specie di sigillo, perché il suo sperma inizia a sgorgare da me: fiumi di liquidi che si raccolgono sotto il mio sedere. E questo non fa altro che eccitarmi ancora di più.

"Ti piace la mia lingua su di te?", mi chiede con una voce che è come un coltello sulla roccia.

Domanda stupida. "Sì, ma..."

"Ma?", chiede quando mi allontano.

Oh, Dio! Come faccio a dirglielo senza che la mia faccia vada letteralmente in fiamme? "Probabilmente dovrei darmi una ripulita, prima che tu mi lecchi di nuovo".

La sua esplosione di risa mi coglie di sorpresa. "Ti pulisco io", dice e, prima che io possa protestare, ci sposta entrambi, muovendomi con una facilità ridicola.

Ora è sdraiato sulla schiena e io sono in ginocchio, con il

mio sesso direttamente sopra la sua bocca. Di certo non farà sesso orale con me ora, dopo...

La sua lingua trova il mio clitoride ingrossato, interrompendo la mia protesta prima che possa formularla. Le guance mi bruciano per la depravazione e la vergogna di tutto questo, ma porca puttana, il modo in cui mi sta leccando...

Mi lascio cadere sui gomiti, desiderando un sostegno extra, mentre le sue mani enormi trovano i miei fianchi, guidandomi dove vuole lui. Sono rivolta verso la testata del letto; quindi non posso ricambiare, e non ho idea se questo glielo faccia diventare duro, ma il modo in cui ringhia mentre mi divora, con la lingua che vibra sul mio clitoride, mi dice che gli sta piacendo.

E presto le sensazioni sono così follemente intense che non mi interessa più quanto tutto questo sia sporco e depravato. Mi interessa solo il modo in cui la sua lingua calda e larga lambisce ritmicamente quel fascio gonfio di terminazioni nervose che è diventato il mio mondo intero.

Le punte dei suoi artigli scavano nei miei fianchi e, ancora una volta, il dolore acuto serve solo ad aumentare il piacere. Poi fa scivolare le mani verso il mio sedere, graffiando leggermente entrambe le natiche prima di usare i polpastrelli per separarle, mentre i pollici mi aprono di più per la sua bocca avida.

Questo è sufficiente perché l'orgasmo cominci a farsi strada verso di me. Mi irrigidisco, stringendo gli occhi, sull'orlo di...

La sua lingua abbandona il clitoride per lambire le mie labbra oscenamente divaricate e, quando emetto un gemito di frustrazione e cerco di muovermi per farlo tornare nel punto giusto, una sculacciata fragorosa sulla mia natica destra mi fa gridare di sorpresa e dolore.

"No, piccola!", ringhia, "non sei tu a controllare il tuo

piacere. Lo controllo io. Decido io quando vieni, e ho deciso che non sei pronta".

"Ti prego!" piagnucolo, senza provare minimamente vergogna per le mie implorazioni. "Sono pronta! Te lo assicuro! Ne ho bisogno... così tanto..."

Mi dà una lunga, languida e stuzzicante leccata, riportandomi sull'orlo del baratro; poi mi dice: "Devo sculacciarti, per farti comportare bene?"

Le sue parole mi fanno stringere la figa dal desiderio. È impossibile che questa minaccia mi ecciti; eppure è stata quasi sufficiente a spingermi oltre il limite. L'unica sculacciata che mi ha dato è stata dolorosa come un marchio. "No!" gracchio.

Un'altra leccata. Tutto il mio corpo rabbrividisce per il piacere. "Ecco il patto", dice, come se stesse conversando amabilmente. "Rimarrai esattamente in questa posizione. Non muoverai un muscolo. Non emetterai alcun suono. Leccherò e succhierò, stuzzicherò e tormenterò questo delizioso bocciolo", e illustra il suo intento passando la lingua sul clitoride, "per tutto il tempo che voglio. E, quando sarò pronto a farti venire, verrai. Ma tu non devi muoverti. Se ti muoverai, mi fermerò immediatamente e magari troverò un altro modo creativo per punirti per avermi disobbedito che non ti piacerà altrettanto".

A questo punto, sono abbastanza sicura che esploderò non appena la sua lingua troverà di nuovo il clitoride. Tra le mie gambe ha ancora una mano, che mi sta divaricando, e l'altra è appoggiata minacciosamente su una mia natica, che sta ancora formicolando per quella sola sculacciata.

Facciamo due, penso ironicamente mentre mi sculaccia di nuovo. Il bruciore immediato mi fa emettere uno strillo agonizzante. "Sono stato chiaro?" ringhia.

"Sì! Prometto che cercherò di non muovermi".

"Questa sì che è la mia ragazza".

Con mia sorpresa e sgomento, non vengo immediatamente quando riprende a leccarmi. Dio solo sa come ci riesce, ma sa come portarmi al limite con un'efficienza quasi clinica, facendomi arrivare sull'orlo del baratro e poi indietreggiando più e più volte, finché tutto il mio corpo non trema per la combinazione di frustrazione e sforzo necessario per rimanere ferma e tranquilla. Ogni volta che sto per arrivarci, mi sculaccia di nuovo, distogliendo la mia attenzione, ma aumentando ancora di più il mio desiderio.

Sono oltremodo bagnata. La sua lingua su di me fa così rumore che sta soffocando il mio ansimare ritmico.

Le mie dita stringono le lenzuola con tutte le mie forze, mentre, quasi pronta a piangere per il bisogno, sento dolore e pulsazioni.

Alla fine cede e mi fa aprire ulteriormente le labbra per strofinare la lingua sul clitoride nel modo in cui ne ho bisogno e per un tempo sufficientemente lungo. È così intenso che non riesco a resistere. L'orgasmo mi colpisce come un treno merci, con esplosioni di piacere che si irradiano dal nucleo attraverso tutto il mio corpo vibrante. Non ho mai pensato che un orgasmo potesse far male, ma questo lo fa, nel miglior modo possibile. L'ultima cosa che ricordo è il rumore selvaggio e gutturale, che sembra più animale che umano, e le stelle che esplodono davanti alle mie palpebre chiuse ad ogni spasmo violento della mia figa.

Poi tutto diventa buio.

8

ROSE

QUANDO MI RIPRENDO, mi occorre un attimo per capire dove mi trovo. La testa mi rimbomba, come se ieri sera avessi bevuto troppo vino.

Ma non ho bevuto. Ho solo fatto sesso.

Oddio, le cose che mi ha fatto... Il solo pensiero mi fa fremere il clitoride. Mettendo da parte i ricordi, mi guardo intorno. Sono ancora nell'enorme letto ricoperto di pelliccia. Sono ancora nuda. I miei vestiti – e il re – non si vedono da nessuna parte.

La stanza è buia, ma entra un filo di luce da una finestra a fessura vicina al soffitto. È mattina.

Ma sarà molto preoccupata. Mi chiedo se sia già andata a cercarmi sulla riva del fiume.

Devo trovare dei vestiti e tornare a casa da lei.

Mentre scivolo giù dal letto, trasalisco quando i muscoli delle cosce protestano. È passato molto tempo dall'ultima volta che le mie gambe sono state tenute così distanziate per così tanto tempo, e non mi tengo in forma con lo yoga da quando sono atterrata su questo pianeta alieno.

Su un tavolino nell'angolo ci sono una brocca e un

calice. Annusando il contenuto, mi accorgo che si tratta di succo di *hima*; quindi lo prendo e ne bevo un bel po'.

La mia figa è dolorante. Per forza! Quando il re mi ha scopata, sono venuta così tante volte che ho perso il conto. Quella bestia ha fatto al mio corpo cose su cui ho sempre e solo fantasticato. E sapeva sintonizzarsi sui miei desideri, quasi come se mi leggesse nel pensiero. Se non fossi stata così distratta dai miei orgasmi da urlo, la cosa mi avrebbe fatto riflettere.

Oppure no. Era troppo buio per riuscire a vedere il suo viso, ma il suo corpo era perfetto: sodo e follemente muscoloso, proprio come piace a me. E il suo uccello... santo cielo, il suo uccello...

No, cattiva Rose. Smettila di sbavare dietro a Re Muscolo e torna da Ma.

Non riesco a vedere né i miei vestiti né il mio mantello, così prendo una pelliccia dal letto, me la avvolgo intorno come se fossi una dei Flintstones e mi metto alla ricerca di qualcosa da indossare.

E magari di un bagno. Puzzo di fiori di luna appassiti, un odore stucchevole di melata... e di muschio. L'interno delle mie gambe – e la mia figa – sono appiccicosi di sperma secco. Il suo... e il mio.

Mentre inizio a camminare, sento quanto sono ancora bagnata. Considerando che dovevo regolarmente usare il lubrificante con i precedenti amanti, è strano. Sono uscita con alcuni ragazzi, un paio dei quali avrei definito "stellari" sotto le coperte – almeno fino a ieri sera – ma mai in vita mia un fiume di umori è sgorgato dalla mia figa come adesso.

La prima porta che trovo si apre su un bagno. Rispetto alle modeste strutture del cottage di Ma, questo è un centro benessere a cinque stelle, con pareti e pavimento in pietra levigata, una cascata illuminata che scorre in un angolo, spessi teli di tessuto che fungono da asciugamani per Ulfarri e, soprattutto, una gigantesca vasca in stile romano.

Prima di andare a casa potrei fare un bagno veloce, no? Dio sa se ne ho bisogno. Uso il bagno e mi lavo le mani, poi fisso la vasca, discutendo a lungo con me stessa.

Devo sgattaiolare via prima che torni il re. Non è qui, mi ha abbandonata, ma va bene così. Dovrei tornare da Ma, per farle sapere che sto bene. Però un'altra mezz'ora farà poi così tanta differenza?

Mentre mi dilungo, sento uno scatto, e un getto d'acqua fumante sgorga dal rubinetto. Questa roba funziona con i sensori di movimento o qualcosa del genere?

"C'è qualcuno?" chiedo.

Nessuna risposta.

Il vapore che sale dall'acqua del bagno ha un profumo divino. Con i piedi nudi appoggiati sul pavimento liscio e fresco, rimango a bocca aperta per tutto il tempo necessario a riempire la vasca. Come per magia, si sente un altro clic e l'acqua si ferma. Il mio piccolo amico Malandrino è tornato? Non mi sembra.

Sento una zaffata del mio stesso sudore stantio. Fanculo! Un bagno veloce non farà male a nessuno.

L'acqua è paradisiaca quando mi ci immergo fino al collo, e per un bel po' resto a mollo, con gli occhi chiusi, il pensiero costantemente rivolto al misterioso re e al modo in cui il mio corpo ha risposto a lui, al modo in cui gli sta *ancora* rispondendo, visto che il pulsare insistente del mio inguine non mostra segni di diminuzione. Nonostante la temperatura dell'acqua sia perfetta, i capezzoli sono rigidi e doloranti e il basso ventre si stringe per il desiderio.

Che cosa sta succedendo? Potrebbe davvero trattarsi di quella cosa dell'estro di cui mi aveva avvertito Ma? Se è così, avrebbe dovuto essere più chiara su quanto siano potenti questi impulsi. Sono passati tre giorni dall'ultima volta che ho preso la pozione. Immaginavo che, se mai fossi entrata in estro, mi sarei un po' eccitata.

Qui siamo su un livello completamente diverso. Sono stata appena scopata per mezza nottata – o forse per tutta – e in questo momento sono più affamata di un tizio che ha appena scontato due decenni di prigione. E voglio più del sesso. Voglio...

Che cosa voglio? È così strano. Sento il desiderio di qualcosa, ma non riesco a identificarlo.

Con un sospiro, esco dalla vasca e mi avvolgo in uno degli enormi asciugamani. Sono stata attenta a tenere le trecce fuori dall'acqua, ma probabilmente, dopo la lunga sessione di sesso, andranno rifatte.

Peccato che il piccolo Malandrino non sia qui ad aiutarmi.

Appena partorito il pensiero, una brezza mi lambisce le caviglie, increspando l'asciugamano.

"Oh, ciao! Mi sei mancato". Mi tocco la testa. "Mi fai di nuovo i capelli?"

Questa volta, il mini turbine è più lento. Disfa le mie trecce con movimenti fluidi e arrotola ogni ciocca con amore mentre mi massaggia la nuca. Alla fine, i miei capelli sono sciolti, acconciati in ricci morbidi e perfetti, e la mia pelle risplende di olio. Credo di aver ricevuto un trattamento spa completo, oggi.

Il mio cuoio capelluto sta alla grande, ma, quando mi tocco i capelli, trovo una fascia di metallo, riccamente ornata, fissata sopra la fronte.

"Cos'è questo?" La prendo in mano È un diadema con viti d'argento e d'oro intrecciate intorno a delle gemme rosse. Non sono rubini: hanno una sfumatura viola e nera e brillano come diamanti. Nessuna pietra preziosa sulla Terra può essere paragonata a queste.

"Mi hai regalato una corona?"

Malandrino mi gira intorno una volta.

Oh, no. "Grazie, ma non rimarrò qui". Poso giù il diadema e il vento lo raccoglie, facendolo librare davanti al mio viso. "Grazie, ma no, grazie. Solo perché ho passato la notte con il re non significa che sia una regina. Cioè, *sono* una regina nel senso che sono favolosa, ma non voglio un titolo formale". Come si spiega un'avventura di una notte a un vento magico? "È stata una storiella. Non mi ha messo un anello".

Il diadema cade sulle piastrelle del bagno con un triste tintinnio.

Meglio così. "C'è un modo per avere dei vestiti?"

La porta del bagno si apre cigolando. Esco con l'asciugamano ancora avvolto intorno al mio corpo.

Il luogo in cui Malandrino mi conduce è ancora più spettacolare del bagno. È enorme, quadrato e pieno di vestiti e scarpe: una cabina armadio adatta alla fashionista più esigente.

"È perfetto", dico a Malandrino. Il venticello sembra imbronciato, dopo che ho rifiutato la corona. Lascia che sia io a scegliere i miei vestiti.

Non è chiaro perché il re abbia un guardaroba pieno di abiti da donna. Non giudico, ma è ovvio che nessuno di questi capi gli starebbe bene. In effetti, tutti stanno bene a me, come se fossero fatti su misura per me.

Non voglio pensare a cosa significhi. Per la prima volta dopo tanto tempo, ho tutti i vestiti che voglio.

Assecondo l'icona di stile che è in me, tirando fuori quello che sembra un lungo pezzo di stoffa di un vivace colore fucsia. Malandrino si agita per aiutarmi ad avvolgere il tessuto elastico intorno a me. Su mia indicazione, il telo abbraccia il mio corpo come un tubino stretto, lungo fino al ginocchio e senza maniche. Per quanto riguarda le calzature, Malandrino mi mostra degli stivaletti viola scuro con tacco basso, alla moda ma robusti, così che possa agilmente discendere dalla montagna. Prendo anche una splendida fascia nera, nel caso in cui più tardi faccia freddo. Il mio mantello con cappuccio è sparito da tempo.

C'è solo una cosa che mi manca. "Posso avere della biancheria intima?"

Una sezione della parete si arrotola, rivelando un enorme scaffale di vestiti ordinatamente piegati. Malandrino solleva un lembo di stoffa trasparente. Le mutandine sono più lunghe di certi pantaloncini da ragazzo, più simili a delle culottes. Biancheria intima per Ulfarri. Le prendo al volo e le indosso. La stoffa è più morbida della seta e leggera come una ragnatela, ma in qualche modo mi avvolge il sedere e le cosce. Mi stanno perfettamente.

Ovvio.

Una parte di me è estremamente soddisfatta. Tuttavia, il dolore che mi attanaglia il petto è ancora presente.

"Bene, allora è tutto. È ora di andare". Mi mancheranno questa stanza e il bagno. E il piccolo Malandrino. So che non dovrebbe mancarmi la bestia, ma una parte di me desidera sentire ancora il suo profumo di cedro.

Malandrino apre una porta nascosta. Entro nella stanza segreta e mi fermo.

Anche se non ci sono finestre, è un boudoir sontuoso, con pareti color petrolio, uno spesso tappeto e lunghi e morbidi parati in un tessuto scintillante. Lo spazio è dominato da una piattaforma imbottita che è tre volte più grande di un letto matrimoniale. Nelle nicchie delle pareti sono incastonate delle sfere grandi come palloni da calcio che emanano una luce morbida e calda. Il materasso è coperto solo da un lenzuolo nero. Altri mobili sono sparsi in giro, però sembrano fuori posto.

La stanza è bella, ma spoglia. Quasi asettica. Devo renderla più accogliente.

No, Rose, devi andartene. Vai a casa da Ma.

La testa mi dice cosa *dovrei* fare, però io mi lascio prendere da una strana mania. Comincio a esplorare ogni centimetro quadrato della stanza.

Malandrino apre l'anta a specchio di un grande armadio a muro e vengono giù dei cuscini, che si spargono ai miei piedi. Sono brillanti come gioielli, di tutte le forme e dimensioni. Al di là di essi, coperte, tappeti e lenzuola sono accatastati in pile ordinate sotto scaffali che ospitano file e file di candele. Mi sono imbattuta in una versione mini e aliena di Bed, Bath and Beyond.

Perfetto.

Senza capire il perché, mi sono messa al lavoro. Ho bisogno di rendere questa stanza *perfetta*. È un'esigenza forte come quella di scopare di ieri sera.

Chi voglio prendere in giro? La voglia che *ho* ancora di scopare.

Ma il re non c'è e i cuscini sì.

Come se ci fosse un burattinaio invisibile che muove i miei fili, mi metto a riordinare l'arredamento, a sistemare lo sgabello lucido in un angolo, un paio di tappeti soffici sul pavimento freddo e liscio e a preparare il letto. La biancheria è così morbida che non riesco a smettere di accarezzarla. Dopo aver messo sul letto federe e lenzuola di un color malva intenso, aggiungo diversi cuscini sontuosi e colorati per ravvivare il piumone argentato. La stanza ha una temperatura perfetta per me, ma sto ancora sudando. L'enorme e pesante poltrona di velluto blu è stupenda, ma non può rimanere lì dov'è. È *sbagliata*. L'idea che sia sbagliata risale lungo la mia schiena e mi fa venire voglia di strapparmi i capelli.

Mi butto con tutto il mio peso dietro di essa, grugnendo come un animale ferito, cercando di spostarla.

"*Muoviti*, cazzo!" ringhio, e mi lascio sfuggire un piccolo grido quando Malandrino solleva la sedia e la posiziona là dove voglio io. "Ecco", ansimo. "Proprio lì. No, un po' più a sinistra".

Tiro un sospiro di sollievo quando la poltrona viene collocata nel posto perfetto.

C'è un tavolino con due sedie, e ordino a Malandrino di sistemarle contro la parete, per poi completare il look con un candeliere scintillante e delle luccicanti tovagliette color argento.

La mia figa palpita per tutto il tempo, battendo a tempo con il mio cuore, incitandomi. È come se fossi biologicamente spinta a decorare.

Il mio lato ragionevole sa che è ridicolo e una gigantesca perdita di tempo, visto che, si sa, sto per partire, ma è impossibile resistere alla compulsione interiore.

Dev'essere così che si sentono i tossicodipendenti.

Voglio scopare. No, *ho bisogno* di scopare.

Che problema ho?

Quando ho messo ogni cosa al suo posto, mi ritiro in un angolo della stanza, respirando profondamente e scrutando ogni minimo dettaglio. Non è ancora tutto a posto. Manca qualcosa, cazzo!

All'improvviso una lacrima si affaccia sul mio viso. Mi copro il volto con le mani, combattendo l'ondata di... cosa? Non è tristezza. Frustrazione? Forse. Desiderio?

Che cosa sto facendo? Sono di nuovo in quello stato di assenza di pensieri, guidata dall'istinto piuttosto che dalla logica. Mi sto impegnando al massimo per rendere questa stanza senza finestre, questa specie di santuario, il mio luogo ideale per il sesso. Sto preparando il letto e creando questa atmosfera attraente e accogliente per una ragione, una sola ragione: essere scopata in questa stanza.

Che cosa ha detto il re? *Dormirai e, quando ti sveglierai, i tuoi istinti ti guideranno...*

Sto preparando un cavolo di nido.

9

BESTIAN

Rose non sa che la sto guardando. Con il cuore che mi rimbomba nel petto, l'uccello che si tende verso il ventre e l'anima che mi duole, guardo la mia splendida femmina come pietrificato. Quando è uscita dal bagno, aveva un aspetto regale. I *sussurri* riferiscono che ha rifiutato la corona, ma non importa. La mia omega è una regina in tutto e per tutto.

È occupata a sistemare i mobili, lisciare le lenzuola e sprimacciare i cuscini in una delle tante camere da letto del castello, mentre uno dei *sussurri* – quel birichino che è sfuggito all'incantesimo del castello per seguirla – la aiuta.

Sta facendo proprio quello che avevo previsto. Quello che non potevo prevedere è quanto sia soddisfacente vederla obbedire ai suoi impulsi omega.

Non sono un'omega, ha protestato. Ma eccone la prova.

Quando l'ho lasciata, era ancora addormentata sul mio letto, con una pelliccia avvolta intorno ai fianchi sottili, i seni seducenti nudi con i capezzoli ancora turgidi. Non c'è da stupirsene: ho stuzzicato e tormentato quelle bellezze finché il solo sfiorarle con un polpastrello bastava a farla sussultare e rabbrividire.

Ho trascorso innumerevoli ore a leggere di scopate e calore, e molti di quei resoconti descrivevano quanto la maggior parte delle femmine omega sia reattiva all'essere dominata, e non solo. Al dolore erotico. Per quanto quei racconti mi facessero indurire l'uccello, la mia mente logica sosteneva che non poteva essere vero. Che dovevano essere fantasie, scritte per eccitare, non per insegnare.

A quanto pare mi sbagliavo, almeno per quanto riguarda la squisita omega che ora sta posizionando e riposizionando una pletora di cuscini sul letto.

Posso percepire la sua frustrazione attraverso le sfere che mio padre aveva installato per tenere ogni cosa sotto controllo. Essendo stato da solo nel castello negli ultimi dieci anni circa, non c'è mai stato motivo di usarle per spiare nelle altre stanze, ma ora sono contento di averle. Stamattina, quando il sole è sorto e si è fatto più chiaro, sono dovuto andare via, per trovare una soluzione al mio enigma, ma i pochi minuti senza di lei mi sono sembrati ore, ed ero inquieto al pensiero di cosa sarebbe potuto succedere quando si fosse svegliata e non mi avesse trovato là.

Ora posso vegliare su di lei, assicurarmi che stia bene, mentre lavoro alla mia maschera.

Solo che... lei non sta bene. Sta diventando sempre più frenetica e frustrata. I suoi movimenti sono a scatti e tesi.

Un rumore erompe dal mio petto: un lieve ronzio che si intensifica e si espande. Lei non può sentirlo, ma io sto cercando di tranquillizzarla.

Da quando ho raggiunto l'età adulta, sono sempre stato solo. Non mi sono mai preoccupato così tanto di un'altra persona. Ho fatto del mio meglio per la mia gente, ma è stato più che altro per dovere e obbligo. A parte i brevi ordini ai miei consiglieri, negli ultimi decenni non ho quasi mai parlato con altre persone. E ora sono in sintonia con una di queste, come se i suoi umori, i suoi desideri e le sue paure fossero i miei. È questo il legame? Ma come potrebbe essere, visto che non l'ho ancora reclamata?

Questi sentimenti sono come i fiori di luna, che spuntano dal terreno e si allungano verso la nuova luce. Il mio mondo era buio, molto buio, ma ora lei è qui, così brillante da accecarmi. È la mia stella guida.

Devo andare da lei. Sta lottando, e io riesco a sentire la sua angoscia crescere nel mio petto come un dolore fisico. Gettando a terra il mio progetto finito a metà, indosso una vestaglia con il cappuccio, lo tiro su per coprirmi il viso e mi precipito a salvare la mia omega.

Ha bisogno di me.

Percorro i corridoi, ordinando ai *sussurri* di coprire le finestre e spegnere le luci delle sfere. Il mio profumo vortica intorno a me, intensificandosi. L'aroma dolce di Rose mi colpisce, e ringhio.

Attraverso la porta della camera. La mia omega è appollaiata ansiosamente sul bordo del letto, a volto chino e con le dita che accarezzano ossessivamente il piumone.

Alza lo sguardo, gli occhi scuri spalancati, e in quell'istante ordino ai *sussurri* di oscurare le sfere, facendoci piombare nell'oscurità.

Lei prende un respiro. "Chi c'è?" Il mio profumo deve averla colpita, perché emette un sospiro. "Oh, sei tu".

La gola mi si stringe per l'ansia. "Piccola", riesco a dire, "sei in difficoltà?"

Si porta la mano alla bocca ed emette un suono a metà tra un rantolo e un singhiozzo.

Sono subito al suo fianco, la prendo tra le braccia, le accarezzo la schiena, stordito dal suo profumo mieloso. "Cosa c'è che non va? Puoi dirmelo".

Scuote la testa, con il viso ancora nascosto nelle pieghe del mio mantello.

Il rombo basso e improvviso ci sorprende entrambi.

Rose si muove, poi si piega un po' all'indietro per guardarmi in faccia prima di accoccolarsi nel mio grembo.

Sto facendo le fusa. Prima di oggi non sapevo di poterle fare. Prima di incontrare lei. È qualcosa di istintivo, quasi come respirare. Gli alfa fanno le fusa per calmare e confortare le loro omega. È come un sedativo naturale.

E funziona.

La mia compagna si rannicchia contro di me in posizione fetale, con le dita strette nella mia vestaglia e la guancia premuta contro il mio petto.

"Povera piccola omega", mormoro.

"Non sono un'omega". La sua voce è soffocata.

Ancora con questa storia? È davvero determinata a combattere la sua natura.

Vediamo se riesco a mostrarle ciò che è veramente.

Continuo a fare le fusa e ad accarezzarla. Confortarla in questo modo è appagante quasi quanto scoparla.

Non so dire perché Ulf abbia deciso di mandarmi questo gioiello, ma una cosa è certa: ora lei mi appartiene. Ucciderei chiunque cercasse di separarci.

Il solo pensiero è sufficiente a far sì che le mie fusa si trasformino in un basso ringhio, e la reazione di Rose è un immediato gemito di desiderio. Si sposta sul mio grembo fino a mettersi a cavalcioni su di me, con le mani sulle mie spalle e la bocca a pochi centimetri dalla mia.

La bacio avidamente, la mia mano sulla sua nuca, il mio uccello che sussulta quando la mia lingua trova la sua. Allargo le cosce e divarico le sue, finché la gonna stretta del vestito non le risale fino ai fianchi e il suo sesso resta sospeso a mezz'aria, facilmente accessibile. Allungo una mano verso il basso e la poggio sulla parte calda e umida del suo...

Perché mai, in nome di Ulf, indossa della biancheria intima? Ordinerò ai *sussurri* di bruciarne ogni singolo brandello. Ruggendo nel nostro bacio, faccio scivolare con attenzione un artiglio sotto la stoffa e la strappo, così da poter rimuovere l'indumento incriminato. Poi ritraggo gli artigli e riprendo a ringhiare.

Lei emette un altro gemito quando le mie dita trovano la figa e ne separano le labbra e il pollice struscia sul bocciolo rigido dove esse si incontrano.

"Oh, cazzo!", ansima lei, interrompendo il bacio e seppellendo il viso nella mia spalla.

"Ti piace?" Mi metto a canticchiare, e il suo clitoride sussulta in risposta. "Penso di sì".

"Scopami". La sua voce è profonda. Vogliosa. "Ora. Scopami ora... ti prego".

"Oh, ti scoperò, piccolina. Sei stata creata per questo. Fatta per prendere il mio cazzo e il mio seme. Ma prima voglio farti venire proprio qui, così, tutta aperta e vulnerabile".

Mi stringe più forte e il suo clitoride sussulta sotto il mio tocco.

"Sei prontissima per me, vero? Questo piccolo bocciolo", traccio dei cerchi con il pollice, "è molto duro, e tu stai producendo così tanti umori che mi stanno colando sul palmo. Se togliessi la mia mano, inonderesti il pavimento".

"Nooo!" Posso quasi assaporare la sua vergogna, ma la sua eccitazione è evidente. "Per favore..."

"Tu non dai gli ordini. Gli ordini li do io. Tu obbedisci. Ma farò un patto con te, piccolina: raggiungi l'orgasmo come si deve per me con la tua fighetta allargata e gocciolante, e quando deciderò che ne hai avuto abbastanza – quando ti avrò munto fino a lasciare una pozza intera sul pavimento – ti ricompenserò con il mio cazzo. Ti farò godere finché non vedrai il paradiso, finché ogni tuo buco non sarà traboccante del mio sperma".

Rose comincia a contrarsi contro la mia mano a metà

della mia promessa sussurrata, con tutto il corpo che vibra per un orgasmo incredibile. Tengo il suo buchetto spalancato fino all'ultimo spasmo, mentre il mio pollice non lascia mai il suo clitoride pulsante.

"Ecco, piccola, questa è la mia brava ragazza. Non fermarti ora, ne voglio ancora. I tuoi umori stanno schizzando su tutto il pavimento mentre vieni. È così fottutamente eccitante...".

Quando il mio pollice continua a muoversi sulla sua piccola perla ormai troppo sensibile, il suo gemito gutturale si trasforma in un grido di dolore e lei si contorce, cercando di allontanarsi.

Non riesco a trattenermi dal sorridere. Il mio uccello è così duro che mi fa male, ma il modo in cui reagisce quando la stuzzico è un qualcosa che non ho mai provato. Sono così in sintonia con lei che il suo piacere equivale al mio.

E io amo il piacere, cazzo!

"No, non vai da nessuna parte", dico, schiaffeggiando leggermente il suo sesso fradicio. "Non ho ancora finito. Un'intera pozzanghera, ho detto. E non preoccuparti di fingere che non ti stia piacendo. La tua figa non mente". Riaggiusto la presa, allargando di nuovo le sue labbra, prima di riprendere a stimolare il clitoride con il pollice. Con la mano libera le afferro la nuca, bloccandola in posizione. "Mi piace come il tuo buchetto cerca di contrarsi, ma non ci riesce, non quando lo tengo aperto per bene. Proprio come tu cerchi di scappare, ma non puoi, piccola mia. Tutto quello che puoi fare è stare qui con il vestito strappato, con il tuo splendido sedere nudo in bella mostra, e gocciolare sul pavimento mentre ti faccio godere".

Il suo viso è ancora sepolto contro la mia spalla e, anche attraverso l'accappatoio, posso sentire quanto brucia la sua pelle.

"Povera, piccola omega", ripeto, e questa volta non discute. È troppo avanti.

Aumento la pressione sul clitoride lentamente, lentamente... fino a quando non emette un grido confuso e rabbrividisce, con la figa che si stringe ritmicamente alle mie dita.

"Brava, sfogati!" la incito. "Per Ulf, è così eccitante! Sei così bagnata, e fai un tale casino! Ma è un bene. Sai che devi essere molto bagnata, così posso infilare il mio grosso uccello fino in fondo dentro di te...".

Ora sta canticchiando, le parole ovattate ma ancora distinte: "Scopami, scopami, scopami..."

Il mio membro sta per scoppiare. Mi dolgono i canini, e sono invaso da un desiderio irrefrenabile di reclamarla completamente, di affondare i miei denti nella carne morbida del suo collo. Sarebbe così facile. Dovrei solo girare la testa e...

No. Afferrandole i capelli dietro la nuca, le tiro indietro la testa in modo che sia costretta a guardarmi. Allo stesso tempo, faccio scorrere tre dita dentro il suo calore umido, trovando quel punto ruvido che la fa impazzire. Come previsto, gli occhi le si velano all'istante.

"Guardami!" le ordino, ancora ringhiando. "Voglio vedere la tua faccia mentre vieni sulle mie dita. E poi, quando avrai finito, le sostituirò con il mio membro. Ma prima devo strapparti fino all'ultima goccia di liquido, costringerti a cavalcare fino all'ultimo spasmo per fare spazio a tutto lo sperma che ti sparerò dentro..."

Vengo interrotto dall'urlo di estasi di Rose, mentre vola ancora una volta oltre il limite, con un orgasmo così violento che quasi mi stacca le dita.

Quando alla fine si accascia, sazia, contro di me, mi porto la mano bagnata di umori alla bocca e la lecco, assorbendo il suo succo muschiato e dolce. È inebriante.

Se non entro subito in lei, morirò, ne sono certo.

"Ora penso che tu sia pronta per me", canticchio, liberando il mio uccello pulsante e spostandola finché la punta non è allineata con il suo buco. "Ne vuoi ancora?"

"Sì", sussurra con voce roca. "Ti prego".

La abbasso lentamente, impalandola centimetro per centimetro, con il cuore che batte forte per l'intensa e deliziosa sensazione. Il mio nodo si forma quasi istantaneamente.

Voglio venire, ma prima voglio assaporare ancora un po' questo momento. "Cavalcami, piccola", la incito, ma lei non ce la fa, fiacca com'è per il troppo piacere. Allora muovo io i fianchi su e giù, tenendola ferma come se fosse un pupazzo, spingendo dentro e fuori di lei sempre più forte, finché il mio nodo non si espande completamente e vengo con un ruggito.

Solo quando i lampi di luce bianca smettono di danzare dietro le mie palpebre, mi rendo conto di cosa ho detto ruggendo quando ho raggiunto l'orgasmo.

Era il suo nome.

Rose.

La compagna a me destinata.

La mia regina.

10

ROSE

L<small>E MIE MEMBRA SONO PESANTI</small>, formicolanti. Ho un dolore acuto tra le gambe e mi pare di essere ubriaca. Per quanto tempo abbiamo dormito? Sembra per anni. L'enorme alfa dietro di me mi tiene stretta, con un braccio massiccio sul fianco e il suo respiro caldo sulla spalla. Sta ancora dormendo? Mi volto per controllare.

"Guarda altrove!", ringhia, e io obbedisco all'istante.

Come fa ad avere questo effetto su di me? Rivolgo uno sguardo accigliato al muro.

"Perdonami, Rose", dice alla fine. "Non dovrei essere così duro con te".

Cerco di irrigidirmi, ma sono troppo rilassata. Fottendomi, mi ha tolto lo stress. Il che è un altro enigma: prima di tutto, perché ero così stressata? "Non so cosa mi stia succedendo", mormoro.

"Sei in estro, omega. I testi lo descrivono come travolgente, soprattutto la prima volta".

Sbuffo. Vorrei che non insistesse. "Non sono un'omega".

Gioca con i miei ricci. Dovrei allontanarmi, ma il suo tocco mi fa rabbrividire. "Se non sei un'omega, perché prendi così bene il mio uccello?"

Risucchio dell'aria attraverso i denti quando il clitoride emette un lento e languido battito sordo. Sono appena stata scopata fino allo sfinimento e già ne voglio ancora. "Non ricominciare!"

"Perché no?"

Con uno strattone, mi sciolgo dal suo abbraccio e mi allontano.

"Dove stai andando?"

"Ho bisogno di una doccia".

"Più tardi". Mi attira di nuovo tra le sue braccia e mi dà una leccata prolungata alla nuca. "Mi piace che tu sia ricoperta del mio profumo".

"A me no". È una bugia. Adoro il suo profumo. Voglio leccarlo a mia volta.

Ugh.

Riesco di nuovo a liberarmi e scivolo giù dal letto. Barcollando sulle gambe, indosso il vestito, facendo del mio meglio per drappeggiare il tessuto nel modo in cui Malandrino l'aveva fatto prima. È inutile cercare la biancheria intima. Lui me l'ha strappata con gli artigli.

Dio, se qualcuno solo sei mesi fa mi avesse detto che avrei pensato anche a una sola di queste cose – figuriamoci che le avrei vissute – gli avrei suggerito di farsi fare una valutazione della propria salute mentale.

"Omega", mormora il re e inizia a fare le fusa.

Scuoto la testa, ma non dico di no ad alta voce. Vorrei discutere con lui, ma sono troppo impegnata a combattere contro me stessa. Il letto, prima perfetto, avendo speso tanto tempo e fatica per farlo, è un disastro e deve essere risistemato.

Raccolgo un cuscino e canticchio soddisfatta. È impregnato sia del profumo mio sia di quello del re.

"Cosa stai facendo, mio piccolo fiore di luna?"

"Niente". Appoggio altri cuscini sul letto intorno alla

gigantesca forma in ombra. "Riesco a malapena a vedere, qui dentro. Puoi accendere le luci?"

"No".

Lascio cadere i cuscini rimasti. "Perché no?" Il letto è un'enorme pozza di buio. Oggi il suo profumo di cedro è addolcito da una nota mielosa.

Il gigante sul letto si mette in posizione seduta. Questo riesco a intravederlo nella penombra. "È la mia volontà".

Ho una voglia matta di tirargli addosso un cuscino. "La tua volontà".

"Sì".

"Fanculo la tua volontà!" Incrocio le braccia sul petto. "Non so nemmeno come ti chiami".

"È per questo che sei arrabbiata?" Il brontolio del suo petto aumenta, tranquillizzandomi all'istante. Il che è fastidioso. "Puoi chiamarmi Bestian".

"Oh, grazie, Vostra Maestà. Tenete tutti i vostri sudditi al buio, come i funghi, o sono solo io la fortunata?"

"Non permetto a nessuno di vedermi, Rose. E nessuno dei miei sudditi può superare la barriera magica che ho creato intorno al mio castello. Non saresti dovuta riuscire a penetrare così facilmente".

"È quello che ha detto lei", rispondo automaticamente, ma il mio cervello è in confusione. *Barriera magica*?

"Vieni, ora. Una tregua". Le sfere agli angoli della stanza iniziano a brillare appena. Il re si distende sul letto, con il cappuccio che gli nasconde ancora il volto.

Voglio andare da lui, così mi costringo a fare un passo indietro e calpesto un cuscino. Sembra che *tutti* i cuscini decorativi siano stati sparsi in giro durante la nostra scopata. Raccolgo quelli rimasti e inizio a sistemarli sul letto.

Il re rimane in silenzio per un po', guardandomi lavorare. Poi: "Perché credi di non essere un'omega?"

"Perché non lo sono. Sono un'umana".

"Che cos'è un'*u-mana*?"

"Vengo da un altro pianeta. Non so perché sono qui". Armeggio con un soffice cuscino rosa finché non è posizionato bene.

Che cosa sto facendo? Dovrei fare le valigie, andarmene, ma non posso finché questa stanza non è a posto. È una compulsione.

"Devo chiamare i *sussurri* per farti aiutare?" chiede Bestian.

"No", ringhio, dando dei colpi di karate a un cuscino, come ho visto fare agli arredatori su Home & Garden TV. "Voglio farlo da sola".

"Perché? Cosa stai facendo, piccola Rose?"

"Non sono piccola". Sbatto insieme due cuscini. Ho bisogno che la combinazione dei nostri profumi sia perfettamente bilanciata. "Sto sistemando ciò che va sistemato".

"Stai preparando il nido", afferma con soddisfazione. "Perché sei un'omega". Mette le mani dietro la testa: una montagna a riposo. "Ulf mi ha benedetto. Tutti i re di Ulfaria si affannano a cercare omega, e nel frattempo una entra semplicemente nel mio palazzo chiedendo udienza".

Qualcosa dà uno strattone ai miei pensieri. *Ma. Casa.* Come ho potuto dimenticarla? "Devo andare", mormoro.

L'Alfa scatta sull'attenti, le sue fusa diventano un ringhio profondo. Il mio cuore freme.

"No. Non farlo", sussurro. Il suo profumo, la sua voce, il suo ringhio: sono tutti un richiamo a cui non posso resistere. Dondolo in avanti, facendo un passo verso il letto prima di riuscire a fermarmi.

"Perché no, piccola omega? Non sei in grado di controllarti?"

Faccio un altro passo, e Bestian ringhia più forte. Sono sul punto di strisciare sul letto e saltargli addosso. Da quando sono così assatanata di sesso? È vero, ho avuto un lungo periodo di magra da quando sono arrivata su Ulfaria e, per quanto ne so, sono giunta su questo pianeta alla fine di un periodo di astinenza sessuale, ma questo è intenso.

Deve essere quella cosa dell'estro.

Il mio stomaco brontola forte.

Bestian smette subito di ringhiare. "Hai bisogno di sostentamento. Ti ho deluso".

"Sostentamento?" Chi parla così? Ma il re scende dal letto e la stanza si restringe per la sua mole.

"Ti lascerò sistemare. Mangerai, berrai e ti sistemerai. Quando avrai finito il tuo nido, tornerò". Le sue dita spesse e lunghe mi accarezzano il viso, e se ne va prima che io possa protestare.

Che faccia tosta!

La porta si apre di scatto e Malandrino entra con un balzo. Le sfere incandescenti si illuminano e la stanza viene inondata di luce. Il venticello ha portato un vassoio di prelibatezze ulfarri, tra cui le mie torte preferite. Il flusso d'aria rinfresca la stanza e, mentre io guardo, Malandrino tira il piumino color argento fino a lisciarlo così bene da rasentare una perfezione militaresca.

Il mio stomaco vuoto mi spinge verso il cibo. Voglio mangiare, bere e fare il nido. Proprio come ha ordinato il re.

Quindi lo farò. Ma non mi troverà qui, quando avrò finito. Sì, qui tutto è magico ed etereo e troppo dannatamente perfetto. E sì, il sesso è al di là di qualsiasi cosa io abbia mai potuto immaginare. Ma niente di tutto questo è reale. Partecipare alla fantasia del re di essere la *compagna a lui destinata*, nata per essere la sua regina, è stato un divertente diversivo, ma è solo questo. Una *fantasia*. E non mi piace il modo in cui i miei pensieri, i miei sentimenti e il mio corpo sono costantemente in guerra tra loro quando sono vicino a Bestian. Ha troppo potere su di me. Per non parlare della cosa più importante: devo far sapere a Ma che sto bene.

Ho deciso. Me ne vado.

E questa volta non lascerò che l'irresistibile alfa mi fermi. Non importa quanto ringhierà.

Bestian

La mia adorabile omega mangia tutto con grande appetito, tranne i dolci, che mangia più lentamente, così da poterli assaporare. Ne avvolge alcuni in un tovagliolo. Accumula cibo? Ha vissuto come una contadina. Devo assicurarmi che capisca che qui il cibo è abbondante.

Ordino ai *sussurri* di consegnare altri dolci e mi volto verso l'accozzaglia di pergamene sulla mia scrivania. Ho raccolto ogni trattato sulle omega in biblioteca. Da quando sono nato, le omega sono sempre più rare, non solo nel nostro regno, ma in tutta Ulfaria. Mia madre era una delle poche rimaste. Mio padre la trovò durante il Patto per la Regina e dovette perlustrare in lungo e in largo tutti i villaggi di Medela per trovarla. A quei tempi, il Patto per la Regina era chiamato Patto per l'omega. Poi, a causa del calo delle nascite di omega, fu rinominato. Sono stato il primo re di Medela ad avere la necessità di prendere in moglie una beta. Una regina beta avrebbe potuto fornirmi compagnia e sesso, ma non ci sarebbero stati eredi per portare avanti la discendenza: non sarebbe stata altro che un'amante onorata. Così mi ero rassegnato a una vita in solitudine... finché Ulf non mi avesse ritenuto degno di un'omega.

Non so perché, dopo tanti anni di sofferenza, abbia ricevuto questo dono. Posso solo sforzarmi di essere degno di lei. Quindi... le pergamene. Quando ero giovane, mio padre mi fece studiare tutto ciò che si sapeva sulle omega. È così

95

che so dell'accoppiamento, del nodo, degli umori e dell'estro. Che Rose avrebbe risposto al mio ringhio, alla dominazione, al dolore carnale e alle mie fusa. Ma c'è ancora molto da imparare.

Perché è riuscita a superare la barriera magica che mi separa dal resto del mio regno? È scritto che le omega hanno dei talenti specifici. Tutti i re hanno un potere che li lega alla loro terra. Io ho ereditato il mio da mio padre. Ma anche mia madre aveva un dono: quello della guarigione. La sua magia completava quella di mio padre, aumentandola. Insieme, erano una forza formidabile. Finché l'incantesimo finale non li distrusse.

Fermo i miei pensieri prima che si avventurino troppo per quella strada oscura.

I miei genitori non ci sono più, ma Rose è qui. Devo studiare per poter tornare da lei. Quando avrà ricostruito il suo nido in modo soddisfacente, vorrà disperatamente che io mi accoppi con lei là. Questo pensiero mi fa incurvare in su le labbra. I muscoli del viso mi fanno male a causa del movimento inusuale. Non sorridevo così tanto da molto, molto tempo.

Un *sussurro* fa frusciare le pergamene sulla scrivania.

"Cosa c'è?"

La sfera che sto usando per guardare la mia omega fluttua più vicino. L'immagine mostra la stanza della nidificazione, perfettamente in ordine, con colonne di cuscini impilati ad arte. Anche tutti i dolci della seconda portata sono spariti. Sono rimaste solo delle briciole.

Ma la stanza è vuota.

La mia Rose se n'è andata.

11

ROSE

Ho DOVUTO INSISTERE per convincere Malandrino a farmi
uscire dalla stanza della nidificazione. Per prima cosa, gli ho
detto che dovevo andare in bagno; il che era vero. Lavarmi la
faccia ha avuto l'ulteriore vantaggio di schiarirmi le idee. Di
nascosto, ho portato via dei dolci per tenerli vicino al naso e
allontanare il delizioso profumo di Bestian, la mia
kryptonite.

L'ostacolo successivo è stato trovare una finestra che si
affacciasse sul giardino. Ma, quando ho fatto storie perché
volevo raccogliere un fiore di luna, il venticello ha ceduto e
mi ha guidata verso un balcone. E, come sapete, un lato era
ricoperto di rampicanti di fiori di luna, dello spessore
perfetto per arrampicarsi.

I soli sono appena tramontati e le lune splendono nel
cielo. Il mio istinto aveva ragione: abbiamo dormito davvero
a lungo. Malandrino mi tira per i capelli e il vestito mentre
percorro il sentiero che divide le aiuole curate. "Niente di
personale", gli dico. "Devo tornare a casa da Ma. Probabilmente è molto preoccupata".

Il venticello mi scompiglia i ricci, e io mi metto a
correre, facendomi strada attraverso il labirinto di siepi.

L'aria è inebriante per il profumo dei fiori di luna e una nota salmastra. Il castello si affaccia sulla costa e il frangersi delle onde è flebile, ma sempre presente in lontananza.

Davanti a noi, il muro incombe nell'oscurità. Quando lo raggiungerò, dovrò capire come aprire il cancello.

Sono quasi alla fine del labirinto, quando vengo investita da un'esplosione di profumo di cedro. Un'ombra enorme si stacca dal muro di siepi e mi blocca la strada.

"Se volevi fare una passeggiata nei giardini", dice Bestian in tono divertito, "dovevi solo chiedere".

Cazzo, cazzo, cazzo, cazzo!

Il re incappucciato mi sovrasta. Alzo gli occhi verso di lui, ma la sua testa e la parte superiore del busto sono in ombra.

Mi scosto un riccio dal viso e cerco di comportarmi in modo disinvolto. "Forse volevo camminare da sola".

"Non sarai mai più da sola, Rose. O dovrai farne a meno". Allunga una mano e mi strappa via il mucchio di dolci. "Devi solo chiedere e i miei servitori te ne porteranno a centinaia".

"Servitori?"

"I *sussurri*. Sei abbastanza a tuo agio con uno di loro. Dopo la tua prima visita, ti ha seguita fino a casa. Anche se aveva l'ordine preciso di non andarsene". Il suo tono diventa tagliente.

Il venticello in questione si rannicchia dietro le mie caviglie.

"Non essere cattivo con lui", dico. "Mi ha aiutato. Senza di lui, sarei stata un'esca per gli alfa".

Un ringhio minaccioso erompe dal suo ampio petto. "Non avresti mai dovuto correre un tale pericolo".

"Non lo avrei corso, se voi alfa foste in grado di controllarvi".

"È proprio degli alfa perdere il controllo con un'omega. Forse ancora di più ora che le omega sono così rare".

"Tutti continuano a dirlo, ma perché? Perché sono così rare?"

"Se lo sapessi, piccola, te lo direi". La sua voce si addolcisce come quando siamo a letto e mi sussurra cose sconce all'orecchio. Detesto che la cosa mi piaccia. "Ho passato la mia vita a cercare di capire perché". La sua enorme mano si posa sulla mia schiena, e lascio che mi giri. È troppo grande, non ho scelta. "Vieni, adesso. Torna dentro".

"Possiamo camminare un po'?" Mi appoggio al suo palmo. "La luce della luna è così bella". Più esploro la zona, più sarà facile trovare una via di fuga. Questo è il mio vero scopo, anche se, dentro di me, sospiro soddisfatta ogni volta che c'è il re.

Bestian fa una pausa. "Molto bene. Cammineremo. E tu mi spiegherai perché non pensi di essere un'omega".

Alzo gli occhi, felice di non essere rivolta verso di lui. Quante volte dobbiamo ripeterlo? Il concetto è davvero così difficile da afferrare? Sono un essere umano. Di un fottuto pianeta completamente diverso. Quindi non posso essere un'omega e non posso essere in estro, punto.

Allora perché reagisci al re nel modo in cui lo fai? Perché un solo suo sguardo o tocco – per non parlare del suo profumo ridicolmente delizioso – ti trasforma in un debole fascio di bisogni e ti fa dimenticare tutto tranne lui?

La voce sussurrante del dubbio nella mia testa elenca tante domande, ma la risposta rimane la stessa:

Non. Lo. So.

Mi chiedo se riuscirò mai a scoprirlo.

Rose si gira e inclina la testa verso di me. Sta cercando di vedere la mia espressione? Prima di correre a intercettarla, ho fatto un incantesimo per mascherare il mio volto, ma è incompleto. La maledizione che ha deturpato i miei lineamenti è resistente alla magia.

L'incantesimo nasconde il danno peggiore. Il crepuscolo che avanza e il mio cappuccio fanno il resto.

"So di non essere un'omega. Quindi non capisco perché stia reagendo in questo modo. Una sorta di reazione psicosomatica? Un trauma ritardato dovuto al risveglio su un pianeta alieno?" Sta parlando per metà a se stessa, e io ne sono felice. Non avrei mai pensato di possedere un'omega, tanto meno una in grado di eguagliarmi intellettualmente. I *sussurri* mi hanno detto che stava facendo pratica con una guaritrice del villaggio. Forse Rose potrà sviluppare dei poteri di guarigione, come mia madre.

"Sono un'umana. Non posso essere un'omega".

La guido attraverso un varco nella siepe. I suoi muscoli si tendono sotto il mio tocco, ma obbedisce. La sua acquiescenza mi piace, ma la sua incombente disobbedienza mi incuriosisce ancora di più. Non ho mai incontrato qualcuno così determinato a contrastare la mia volontà.

È eccitante.

"Qualche estate fa sarei stato d'accordo con te", le dico. "Ma, nel recente passato, ci sono stati casi di re Ulfarri che hanno trovato le loro omega. Il Re Viandante e il Re d'Oro, così come il Re Cacciatore, hanno trovato le loro compagne. In tutti questi casi, l'omega era come te: umana".

Smette di camminare e trae un respiro. "È impossibile".

"Davvero? Tu come sei arrivata su Ulfaria?"

"Non lo so".

"Nel caso delle altre regine, sono state portate attraverso un portale e hanno ricevuto un siero che le ha trasformate in omega".

Si china in avanti, appoggiandosi una mano sullo stomaco.

"Rose? Stai bene?"

"Mi stai dicendo che... non solo sono stata rapita dagli alieni, ma che hanno anche dato un siero per trasformarmi in un'omega?"

"Questa è la mia teoria".

Si strofina il petto in modo assente. "Mi *sento* ancora umana".

"Lo sei. La tua bassa statura e i tuoi lineamenti sono simili a quelli delle omega degli altri re. Ma, come loro, anche tu mostri tratti omega". Sta ancora fissando la notte come se contenesse tutte le sue risposte. Le sfioro con le dita i ricci lucenti. "È un dono".

"Non per me. Sono io che sono stata trasformata".

"È così sconvolgente?"

"Sconvolgente? Questa è una parola adatta". Il suo dolce profumo porta con sé un sentore di cenere. Una sensazione di allarme mi sale nel petto, attivando le mie fusa.

Mi chino e la prendo in braccio. Il suo collo si irrigidisce. Il resto del suo corpo si scioglie contro di me, si modella sul mio petto fino a vibrare al ritmo delle fusa. Il suo profumo diventa più dolce e si addensa, diventando nettare sulla mia lingua.

"Cosa stai facendo?" Sembra assopita per l'effetto soporifero delle fusa.

"C'è qualcosa che voglio mostrarti". Tenendola stretta, mi avvio, meravigliandomi di quanto sia perfetta tra le mie braccia. Ma, d'altronde, non dovrei esserne sorpreso.

Il suo posto è nel mio abbraccio.

Lei mi appartiene.

La mia mente è in guerra con il mio corpo. Detesto essere trasportata dal re e che lui abbia avuto la presunzione di prendermi in braccio senza chiedermelo. Detesto il brivido che mi ha percorso la pelle quando mi ha trascinato tra le sue braccia massicce. Detesto il modo in cui mi sto premendo contro di lui. Detesto le sue fusa e il rilassamento che mi donano, pari a quello che consegue a un massaggio di due ore.

Detesto che l'aria della sera sia tiepida e profumata di fiori di luna. Detesto che Bestian mi porti in braccio come se non pesassi nulla. Detesto le splendide cinque lune e la vocina nella mia testa che sussurra "Non è *romantico*?" mentre attraversiamo insieme i giardini.

Ma soprattutto detesto quanto questo mi stia piacendo. Tutto questo.

Attraversiamo un passaggio coperto e, quando emergiamo, siamo immersi nella luce lunare lilla. Anche di notte, questo posto è straordinariamente bello.

È irritante.

"I *sussurri* si occupano anche della manutenzione del paesaggio?" chiedo.

"Naturalmente".

"Come lavorano?"

"Con la magia".

Mi accorgo che sto accarezzando distrattamente i segni verde smeraldo sul petto di Bestian e ritiro la mano. "La magia non è reale".

"Non lo è?" Sembra divertito. "Sono dedito all'apprendimento. Studio la magia da tutta la vita".

"Da dove viene?"

"I membri della mia famiglia hanno tutti dei poteri innati, ma la maggior parte della magia che uso deriva dalla simbiosi dei re con la terra".

"Ho fatto una domanda stupida", mormoro.

"Non ci sono domande stupide, piccola omega".

"E ora sembri la mia insegnante di scienze delle medie. Tranne che per la parte sulle omega". Mi accoccolo più vicino a lui, non perché ne abbia bisogno, ma perché è caldo e la notte ha un brivido che penetra nel mio involucro.

"Calmati, piccola. Siamo quasi arrivati".

Davanti a noi c'è qualcosa che brilla. Bestian mi porta attraverso un'imponente arcata, verso il gorgoglio dell'acqua che scorre. Al centro di un cortile quadrato c'è una fontana spumeggiante circondata da file e file di luci.

No, non luci; fiori.

Le cinque lune sono in cielo e sono luminose, ma è impossibile che emettano abbastanza luce da far brillare quei fiori al buio in quel modo. Ogni fiore brilla come se avesse al suo interno una lampadina in miniatura.

Il re mi lascia scivolare giù dalle sue braccia. Mi precipito verso il fiore più vicino, per accarezzarne i morbidi petali. "Questi sembrano fiori di luna".

"Lo sono. È per questo che hanno tale nome".

"Ma..." Alzo lo sguardo verso il palazzo, dove altri rampicanti avvolgono le colonne. Sì, ci sono punti di luce che brillano nella profusione di spine. Devo essermeli persi mentre cercavo di fuggire, o devo averli scambiati per luci nascoste. "Non li avevo mai notati brillare, prima".

"Non brillano fino a qualche giorno dopo la fioritura". Bestian sistema la sua enorme mole sulla panchina. "Puoi sceglierne uno, se vuoi".

"No". Non voglio distruggerne nemmeno uno. "Ma... cosa succederebbe se lo facessi? Smetterebbe di brillare?"

"Non per molto tempo. Mio padre creò questo giardino per mia madre. Nella sala da ballo avevamo delle ciotole piene di fiori di luna".

Percepisco un tono malinconico nella sua voce profonda

e roca. I suoi genitori sono morti, giusto? È quello che ha detto Leelah al mercato. "Il vecchio re e la vecchia regina?"

"Sì. Questa era la loro casa d'autunno".

"Oh, casa d'autunno?" Sgrano gli occhi. "Ne avevate una per ogni stagione?"

"Sì".

"Naturalmente".

Si china in avanti. Non riesco a vedere il suo volto, ma i suoi occhi brillano. "È per questo che vuoi andartene? Non ti piace la mia grande ricchezza?"

"Mi dà fastidio che tu viva nel lusso mentre il tuo popolo soffre".

"Il mio popolo riceve tutte le cure necessarie". Agita una mano. "I miei consiglieri si occupano dei suoi bisogni".

"Molti si ammalavano e morivano". Mi allontano dai fiori, con i pugni stretti ai fianchi. Il re è molto più grande di me, ma quando penso a Ma in punto di morte, vorrei schiaffeggiarlo. "È per questo che sono venuta quassù. Altrimenti non sarei mai venuta".

"E sono molto felice che tu l'abbia fatto". Le sue fusa si sono trasformate in un ringhio.

Stringo i denti, combattendo l'ondata di eccitazione che mi assale. Tutto in me desidera superare la distanza che ci separa, andare da lui. *Dai, corpo, sto cercando di avere una conversazione sulla disuguaglianza economica.*

"Ho inviato una pozione che fermerà la diffusione della maledizione", continua.

"Non proprio un'assistenza sanitaria universale, ma va bene".

"Ti stai agitando, omega".

"Smettila di chiamarmi così!" Mi allontano da lui e mi concentro di nuovo sui fiori. Inspiro profondamente, ma insieme al profumo floreale sento l'odore del re. Le mie spalle si rilassano. "Devo tornare da Ma", sussurro, soprattutto per ricordarlo a me stessa. Cazzo, perché è così difficile concentrarsi su qualcosa che non sia Bestian?

"Rose". Allunga una mano gigantesca con artigli neri. "Vieni da me. Ti ho promesso una tregua. Parliamo da pari a pari".

È una trappola! Ma finché non riesco a scappare, tanto vale trovare un modo per far ragionare il mio rapitore. "Smetti di ringhiare!" dico, e il suono si interrompe come se Bestian avesse premuto un interruttore.

Faccio un piccolo passo verso di lui.

"Senti, Maestà..."

"Bestian", mi corregge.

"Bestian". Mi sfugge un sospiro al sentire come suona bene quel nome sulle mie labbra. "Non mi fido di te".

"Lo so, piccola mia. Questo mi addolora. Vieni da me e troviamo un accordo".

Sto già facendo altri passi verso di lui. Mi dico che è perché voglio delle risposte, ma in realtà è perché voglio stargli vicino. Voglio lasciarmi avvolgere dal suo profumo.

Non appena sono abbastanza vicina, mi prende per un braccio e mi attira a sé. Invece di farmi spazio sulla panchina, mi posiziona sul suo ampio grembo, rivolta verso l'esterno.

"Brava ragazza", mi canticchia all'orecchio, nello stesso modo in cui lo fa a letto. Una scarica di calore mi inonda il viso. Un'altra ondata del suo profumo mi investe – aghi di pino dal profumo intenso, caffè appena fatto, cioccolato fondente, cedro secco – e mi mordo il labbro quando un dardo di desiderio mi colpisce il clitoride. *No. Cattiva Rose. Concentrati.*

"Voglio guardarti in faccia". Mi dimeno e il suo braccio si stringe intorno alla vita. "Non so che aspetto hai".

"E non lo saprai mai. Non sono... degno di essere guardato".

Perché no? Sembra sensibile all'argomento, così gli dico: "Potresti lasciare che fossi io a giudicare".

"Forse". Sembra divertito.

È una cosa stupida. Vuole parlarmi da pari a pari, ma è chiaro che non mi considera tale. Ho l'impressione che non abbia nulla a che fare con il mio status sociale o di straniera. È quella stronzata dell'alfa/omega. "Cosa vuoi da me?"

"Te l'ho detto fin dal primo momento. Tu sei la mia omega. La mia compagna. Siamo nati per essere legati. Due corpi, una sola anima".

Sbuffo. "È improbabile, visto che non sono di qui".

"Ah, sì, la tua condizione di umana. Ulf è onnipotente. Ti ha trovato e ti ha aiutato ad attraversare le galassie perché potessimo stare insieme".

"Bene. Forse l'ha fatto. Ma io non voglio essere la tua compagna", dico, anche se mi sciolgo di nuovo nel suo petto. Mi sembra giusto stare così vicino a lui.

Almeno ha smesso di ringhiare. Se ora inizia a fare le fusa, lo prendo a pugni.

"Tu menti, omega". La sua voce mi rimbomba dentro, efficace come le fusa. Maledizione! "Non capisco. Perché lottare così tanto per negare la tua vera natura?"

"Alcuni di noi hanno delle responsabilità". *A differenza di te, o re, che ti rintani nel tuo castello magico e lasci marcire il tuo regno.* "Non abbandonerò la mia unica famiglia per un po' di sesso epico". *Inoltre*, aggiungo in silenzio, *quella stronzata del* vero amore per sempre *non è reale.*

"Sesso epico?" Rieccolo con il divertimento.

"Lo sai che siamo compatibili", mormoro, e cerco di ignorare il fatto che un'ondata fresca del mio profumo sale a mescolarsi con il suo.

"Manderò i *sussurri* a controllare Matron. Un atto di misericordia, visto che mi ha nascosto un'omega. Secondo la legge di Ulfarri, dovrebbe essere punita, non premiata".

Un brivido di terrore scende lungo la mia spina dorsale. "Non lo sapeva".

"No? Una guaritrice con una vasta conoscenza della fisiologia degli Ulfarri? Mi risulta difficile credere che non abbia fiutato la tua natura omega fin dal primo momento".

"Ma io non sono Ulfarri. Sono umana".

"Non più. Per quanto tu lo neghi, sei più omega che umana". Mi fa coccolare più vicino. "Forse una parte di te è riluttante ad accettarlo. Ti lascerò il tempo di elaborare il lutto".

"Oh, beh, grazie. Che gentilezza!"

"Capisco il dolore del lutto, piccola mia".

Questo mi zittisce. Ci sono così tante cose di lui che non so. "I tuoi genitori?"

"Sì".

Mantengo la voce bassa, lottando per rimanere razionale. "Quindi capisci cosa significa Ma per me. Mi ha salvata, mi ha accolta. Senza fare domande. È grazie a lei se sono sopravvissuta qui, a Medela". Mi giro sulle sue ginocchia, senza guardarlo in faccia, ma lasciandogli vedere il mio profilo. Tengo gli occhi fissi sulla fontana, e il mio tono è gentile. "Cosa pensi che avrebbero fatto i tuoi soldati alfa, se mi avessero trovato?"

Un ringhio minaccioso esce dal petto di Bestian. Salto su, ma non riesco a sfuggire alle sue braccia, che mi bloccano. Anche se lui non avesse muscoli di ferro, non vorrei lasciare il mio accogliente trespolo. Il calore del suo corpo mi assopisce.

"Non vale la pena pensarci", dice Bestian. "Ulf ti ha conservata per me".

"Se l'ha fatto, è ricorso a Ma per farlo. Lei mi ha vestito. Mi ha nutrito. È la mia famiglia".

"Non hai una famiglia sul tuo pianeta?"

"No. Ero sola". Questo lo ricordo. Ero una modella, lavoravo per pagarmi gli studi e potermi laureare in medicina, ma ero completamente sola. Nel mio piccolo appartamento non c'era nessuno a parte me e un centinaio di piante in vaso. "Il cottage di Ma è la mia casa, ora".

Le braccia di Bestian si stringono intorno a me. "Il palazzo è la tua casa, ora".

"No".

"Sì. Hai lanciato tu la sfida, piccola. Farò di tutto per convincerti".

"Avrai il tuo bel da fare". Sbadiglio.

Immediatamente è in piedi e si dirige verso il palazzo. "La mia omega è stanca. Non mi sono preso cura di te come avrei dovuto".

Da come parla, sembra che io sia il suo animale domestico.

"Voglio continuare a parlare", dico ostinatamente.

"Parlerò con te per tutto il tempo che vorrai. Dopo che avrai dormito".

Mi sforzo di tenere gli occhi aperti, ma, quando abbassa la testa per passare sotto un arco, le sue fusa ricominciano.

Dopo pochi istanti, sono già in un altro mondo.

12

BESTIAN

.

LA MIA OMEGA STA DORMENDO. C'è così tanto che deve sapere. Su di me, su se stessa. Su di noi. Leggere le storie sulle omega non servirà a molto. È in parte umana, per quanto io voglia negarlo.

Io desidero negare il suo lato umano, lei desidera negare le sue dinamiche omega. Io voglio tenerla qui, lei vuole andarsene. Dobbiamo arrivare a una tregua.

Fortunatamente, conosco altre tre omega come Rose. Ognuna di loro è un'*u-mana*, o umana. Ognuna di loro si è accoppiata con un re.

Chiamo per primo il Re Errante. Khan era come me, e preferiva lasciare che i suoi consiglieri si occupassero delle questioni di governo mentre lui vagava per le galassie, alla ricerca di omega e di una regina. Si dice che stia più a casa, ora che ne ha una.

La sfera pulsa con un bagliore viola prima di spegnersi. Khan ha rifiutato la mia chiamata.

Non serve chiamare il Re Cacciatore, non se voglio delle informazioni. Rimane solo Re Aurus, l'alfa più loquace che conosca. Ama il suono della sua voce. Risponderà alla mia chiamata, anche solo per gongolare del suo sgargiante castello d'oro e della sua omega dai capelli d'oro.

In effetti, la sfera magica pulsa solo poche volte prima che appaia il volto di Aurus.

"Re Erudito", mi saluta con un sorriso.

"Così chiamavano mio padre".

Il più delle volte non permetto agli altri di vedermi attraverso le sfere. Ma oggi, nello spirito di condividere le informazioni, lascio che il mio volto sia visibile, insieme alla mia scrivania e alle pareti con le antiche pergamene dietro di me. Davvero un *Re erudito*.

"Volevo essere educato", dice Aurus. "Bestian. Re delle bestie. Che cos'hai sulla faccia?"

"Una maschera".

"Il Re di Pietra ha fatto davvero del suo meglio per cancellare la tua stirpe con quella maledizione", dice Aurus con la sua solita mancanza di tatto. "Quanto sei sfigurato?"

"Questo non ti riguarda. Sono vivo, nonostante i migliori sforzi di quell'essere malvagio".

Aurus si sdraia sul suo gigantesco trono d'oro. "Così vedo. Come posso aiutarti?

"Cerco informazioni sulle umane".

"*U-mane*? Perché? Vuoi mettere le mani su un'omega nata sulla Terra?"

Quindi è così che si chiama il suo pianeta. Archivierò questa chicca. Non voglio rivelare molto della mia Rose, ma Aurus sta gongolando troppo. "Forse l'ho già fatto".

Si alza di scatto dalla sua posizione stravaccata. "Hai un'omega? Congratulazioni! Benvenuto nel club".

"Club?"

"È un'espressione che mi ha insegnato la mia Kim. Scoprirai che la tua omega si impossessa della tua vita. La stravolge. La cambia".

Rimango in silenzio.

"Ancora nella fase di negazione? La relazione deve essere nuova. Come l'hai trovata, comunque? I miei maghi non hanno avuto la fortuna di trovare le omega *u-mane* perdute".

"Omega perdute? Quante?"

Aurus alza le spalle. "Non lo sa nessuno. Abbiamo trovato il laboratorio dove svolgevano il procedimento per importarle dalla Terra, ma tutti i testi sono stati distrutti. A quanto pare, il Re di Pietra – il tuo "amico" morto – ha saputo che avevamo acquisito la tecnologia e il siero Ogsul necessari per importare femmine *u-mane* e trasformarle in omega. Quando ha saputo che avevo ordinato ai miei maghi di trovarmi un'omega, ha corrotto alcuni di loro affinché lavorassero per lui".

"Corrotto?" L'incredulità è evidente nel mio tono. "Il Re di Pietra?"

Aurus agita la mano. "O li ha minacciati, costretti... Come vuoi. In ogni caso, li ha convinti a replicare il processo e a portare altre femmine *u-mane*. Le omega dovevano essere consegnate al Regno di Pietra, ma l'affare deve essere andato male, come direbbe la mia Kim. Sembra che i maghi siano stati presi dal panico e siano fuggiti prima di poter portare a termine il loro compito. Di conseguenza, le omega *u-mane* si sono sparse ovunque. Una è stata trovata ad Arboron. Ora, a quanto pare, una è finita nel tuo palazzo".

"Vicino". Per la milionesima volta, ringrazio Ulf che Rose non sia stata trovata prima da un soldato alfa. Il mio piccolo fiore di luna avrebbe potuto essere reclamato da un altro. Il pensiero mi fa stringere i pugni, tanto da bucarmi i palmi con gli artigli. "Ho bisogno di tutti i documenti relativi alle omega umane", dico ad Aurus. "Tutto ciò che i tuoi maghi hanno osservato, tutte le letture dei segni vitali delle umane, gli effetti del siero, tutto". Devo sapere se la mia compagna è in salute.

"Te li manderò, se accetti di condividere con me le scoperte", dice Aurus. Non è da lui essere così disponibile, ma questa è una circostanza particolare. La preoccupazione per la sua regina lo induce a mettere da parte qualsiasi atteggiamento che normalmente avrebbe assunto.

"Sono d'accordo. E, se ci sono informazioni su eventuali esiti positivi dopo accoppiamenti tra Ulfarri e umane, ho bisogno anche di quelle".

"È già incinta?". Aurus sorride di nuovo. Non il suo solito sorriso indisponente, ma qualcosa di più gentile. "Non ho informazioni su questo, non ancora. Ma Khan sì, e le ha già condivise con i miei maghi. Dobbiamo fare tutto il possibile per prenderci cura delle nostre omega".

Sollevo il mento in segno di assenso.

"Dovresti essere chiamato "il Re erudito", come tuo padre", dice Aurus. "Sei colto come qualsiasi mago beta. Hai studiato anche medicina?"

Le sue parole sono un pugnale nel cuore, ma dal mio volto non lascio trasparire il dolore. "Sì, come parte dei miei studi approfonditi. Mio padre insistette".

"Mi ricordo. Stavi cercando una cura per la maledizione che aveva colpito il tuo regno. La trovasti".

"Arrivai troppo tardi". Mento dicendo la verità.

Aurus non conosce tutta la verità. Nessuno la conosce. Trovai una pozione per alleviare gli effetti della maledizione, ma non per guarirla. L'unica cura fu il sacrificio di mio padre. E uccise sia lui che mia madre.

"Fu prima della..." Aurus si circonda il viso con un dito.

"Prima della pozione che il Re di Pietra inviò per *aiutarmi* e che si rivelò un veleno che mi sfigurò?" Se Aurus non ha intenzione di usare il tatto, allora non lo faccio nemmeno io. "Fu in quel periodo". Il punto più basso della mia vita. Medela era maledetta, mia madre era malata, tutti stavano morendo. Nelle fasi finali della maledizione, la malattia trasformava il malato in pietra. Volevo disperatamente trovare una cura, tanto da fare come sto facendo ora, e cercai aiuto nei regni lontani. Re e maghi di tutta Ulfaria ci inviarono potenziali rimedi. Compreso il Re di Pietra.

In seguito venni a sapere che il Re di Pietra aveva in realtà creato anche la maledizione, la Morte Rossa. Era geloso di mio padre e bramava mia madre, che era un'omega. Non ho prove e, ora che il malvagio bastardo è morto, non ne avrò mai. Ma tutti gli indizi indicano che a lui vadano attribuiti sia la maledizione sia il veleno che mi ha devastato il viso.

Aurus stringe le labbra. Preferisco il suo silenzio alla sua indiscrezione. Interromperei il collegamento, ma devo accattivarmi la simpatia del re.

Una voce femminile mi salva dall'imbarazzante pausa nella conversazione: "Tesoro, sono a casa!" Mi irrigidisco e mi volto a controllare la mia Rose addormentata. La nuova voce alle spalle di Aurus assomiglia tanto a quella della mia compagna. Questo può solo significare...

L'intero volto di Aurus si addolcisce. In lontananza, al di fuori dell'immagine visualizzata dalla sfera, una porta sbatte. E poi...

Gli occhi del Re d'Oro si spalancano. Si sente un fischio stridente. Aurus ruggisce e alza le braccia prima che la sua persona – e il suo trono ridicolmente sgargiante – scompaiano all'improvviso, avvolti da una coltre di fumo.

Fuori campo, qualcuno sta ridacchiando. La nuova arrivata entra in scena: un'umana minuta, dalla carnagione pallida e dai capelli biondi separati in tante piccole punte, avanza attraverso una nuvola di fumo grigio con una grande pistola nera carica su una spalla. Le truppe Ulfarri chiamano tali armi *Chitin-Killer*. Sembra che questa sia stata modificata, ma è comunque quasi più grande della minuscola Omega.

"Kim!" Aurus grida da qualche parte fuori dallo schermo. "Cosa ti ho detto sul fatto di sparare i lanciarazzi nella sala del trono?"

"Hai detto che è vietato da decreto reale. Ma tu spari sempre nella sala del trono. La giustizia è giusta. Inoltre", accarezza la pistola, "questo non è un lanciarazzi. È un *Chitin-Killer*. Terral e i suoi amici ingegneri l'hanno progettato per me, per la prossima volta che andrò in battaglia".

"Ne abbiamo già parlato". Aurus sembra esasperato. "Non andrai mai in battaglia...".

"Ah, ah!" Kim punta la pistola in direzione della sua voce. "Tu dici di no, ma io dico di sì, e ho in mano il *Chitin-Killer* modificato. Non ti ucciderà – abbiamo sostituito i razzi con i fumogeni – ma ti farà male". La piccola umana si avvicina al trono, che si è ribaltato su un fianco, e vi si appoggia. "Inoltre, hai promesso che avresti parlato di umane o omega solo in mia presenza".

"Come sapevi che stavo parlando di *u-mane*?" chiede Aurus.

"Ho programmato un allarme che mi avverte se pronunci la parola *u-mana* in una qualsiasi sfera magica del videofonino".

"Per l'amore di Ulf...". Aurus borbotta qualcosa sul fatto che è un errore lasciare che un'omega parli con un mago. Non ho mai sentito il Re d'Oro così agitato. È meraviglioso, e mi sto godendo ogni secondo dello spettacolo.

Kim si gira e mi guarda attraverso la sfera. "Salve. Sono Kim. Vengo dalla Terra. Chi sei e perché parlavi di omega umane? Ne hai una?"

Sarebbe nel mio interesse non rispondere, ma ancora una volta non riesco a trattenermi. "Saluti, Kim. Sono il Re di Medela e sì, mi sono procurato un'omega".

Kim mi guarda. È impressionante che un corpo così minuto venga preso da un attacco di rabbia così intenso.

"Sono sicura che adora che tu ne parli come se l'avessi ordinata su Amazon. Come te la sei *procurata*? In una stazione spaziale? A un'asta?"

"Né l'una né l'altra. Ha buttato giù la porta che dava accesso al mio castello, ha spezzato un incantesimo vecchio di decenni e mi ha riportato in vita".

La testa di Kim fa uno scatto all'indietro. "Accidenti, è davvero tosta! Una specie di Bella Addormentata al contrario".

Per tutto questo tempo, Aurus si è insinuato dietro il trono rovesciato, tentando un attacco furtivo alla sua piccola regina. Senza voltarsi, Kim aggiusta la pistola per puntarla sopra la propria spalla. "Io non lo farei, paparino d'oro".

Aurus si ferma a metà strada. "Smetti di riferirti a me come a tuo padre!"

"Non ti piace? Un po' di perversione e di giochi di ruolo può aumentare il numero di spermatozoi. L'ho letto in una rivista nella sala d'attesa del mio dentista, e le riviste nelle sale d'attesa dei dentisti non mentono mai". Gli fa l'occhiolino e si volta verso di me.

"Senta, signor Cantante Mascherato, se ha davvero messo le mani su un'umana, devo parlarle il prima possibile. Io, e forse anche Emma e Haley. Si sentirà sola al mondo e avrà bisogno di qualcuno con cui parlare. Aveva una famiglia sulla Terra?"

"Lei dice di no". Mi ha anche detto di considerare colei che chiama *Ma*, la guaritrice con cui viveva, la sua nuova famiglia. La sua nuova casa. E io mi rifiuto di farla tornare. Da quando sono così senza cuore?

"Beh, questo non significa che non abbia nostalgia di casa. Parlare con noi la aiuterà".

La piccola omega di Aurus è saggia e impavida. "Lo prenderò in considerazione".

"Fallo!" Kim mi guarda con uno sguardo fisso e punta la

pistola nella mia direzione. "Ma non metterci troppo. Altrimenti verrò a cercarla io stesso e...".

Con la pistola di Kim puntata su di me attraverso la sfera, Aurus può balzarle addosso. La afferra, ed entrambi cadono fuori dalla mia visuale. La pistola vola. Si sentono altre risatine e ringhi sullo schermo.

"La pagherai per questo, omega". La minaccia di Aurus mi giunge all'orecchio. Sembra così soddisfatto che potrei vomitare. Riesco quasi a sentire l'odore dei suoi feromoni alfa attraverso la sfera.

"Per favore", Kim sembra senza fiato, "probabilmente anche farsi sparare aumenta il numero di spermatozoi...".

Agito una mano in segno di saluto, e la sfera diventa nera. Giusto in tempo. All'ultimo Consiglio dei Re, Aurus ci ha informato compiaciuto che avrebbe raddrizzato la sua omega. Ora che ho conosciuto Kim, dubito che il Re d'Oro abbia un qualche controllo su di lei.

Queste omega umane non sono quello che sembrano. Sono coraggiose e astute e hanno più potere su di noi di quanto crediamo.

È una cosa a cui pensare. Ma devo riflettere in fretta perché, quando do un'occhiata alla sfera per controllare la stanza della nidificazione, scopro che la mia Rose è sveglia e, ancora una volta, sta cercando di fuggire.

13

ROSE

STAMATTINA, al risveglio, non perdo tempo. Afferro qualcosa di dolce e me lo ficco in bocca. Dopo una breve sosta in bagno, mi precipito in corridoio verso il balcone dove Malandrino mi ha condotta ieri sera.

Quando arrivo alla porta, vedo che è stata chiusa con un catenaccio. Allungo la mano per spostarlo, ma non riesco nemmeno a sfiorarne la superficie. Qualcosa di invisibile lo protegge, impedendomi di toccarlo.

Bestian aveva detto di aver creato una barriera magica intorno al perimetro del castello. Forse ora ne ha posta una anche intorno al palazzo.

L'orlo del mio vestito si allarga a un'estremità. Malandrino mi ha trovata. Mi accarezza le caviglie, giocando con i lacci degli stivali.

"Buongiorno", dico. "Puoi indicarmi un'altra porta?"

Il venticello obbedisce e, tirandomi per l'orlo, mi guida verso altre porte e finestra.

Però sono tutte chiuse a chiave e lo stesso campo di forza mi impedisce di aprirle o di sfondarle. Scelgo una finestra a caso e cerco di aprirmi un varco usando dei cuscini, un vaso, il mio stivale sinistro e una sedia. Ogni oggetto rimbalza, ma lentamente, come se il campo di forza avesse la consistenza di uno sciroppo e volesse far cadere ogni oggetto con delicatezza.

"Maledetto!" Mi rimetto lo stivale e lego i lacci. Non posso uscire dal palazzo. Non da questa parte. Ma questo posto è enorme; ci deve essere un'uscita che Bestian ha dimenticato di bloccare. Una scala antincendio o qualcosa del genere. Non è rischioso sbarrare tutte le uscite? O forse, in caso di emergenza, le porte si possono aprire.

È più probabile che i suoi servitori riescano a spegnere l'incendio, a risolvere qualsiasi problema prima che possa causare danni.

Questo mi ricorda che Bestian mi ha promesso che avrebbe mandato i *sussurri* a controllare Ma.

"Hai visto Ma?" chiedo a Malandrino. Interpreto il suo silenzio come un no. "L'ha vista uno dei tuoi amici?"

Il *sussurro* soffia in cerchio intorno a me. Lo prendo per un sì. "Stava bene? Aveva bisogno di qualcosa?" Due domande, ma Rogue soffia più forte. Una coperta vicina vola via dal divano su cui era distesa e viene a posarsi sulle mie spalle.

Il venticello cerca di confortarmi. "Sto bene", lo rassicuro. "Voglio vederla. Puoi aiutarmi?"

Malandrino tace. Sto per accettare la risposta negativa, quando mi gira intorno alle gambe e sfreccia lungo il corridoio, facendo svolazzare le tende sulla sua scia. Mi precipito dietro di lui.

Mi conduce in una lunga galleria di ritratti. Sul lato sinistro, la parete è interrotta da una piccola alcova illuminata da alcune sfere luminose. Il vento mi spinge verso una di esse.

"Cos'è questo?" C'è una panchina che abbraccia le pareti dell'alcova. Mentre sono lì, Malandrino porta una delle sfere a librarsi davanti a me. Sembra la sfera di una strega, con le sue volute di nebbia grigio-tempesta che si agitano sulla superficie liscia. Allungo una mano per toccarla, ma un campo di forza simile a quello che sbarra tutte le uscite la respinge. Deve trattarsi di una specie di incantesimo.

"Non so cosa..." inizio, ma poi l'immagine sulla superficie della sfera cambia. Nella nebbia appare il cottage di Ma e l'immagine viene messa a fuoco: c'è Ma, che scava nel suo giardino, e Leelah è in piedi accanto a lei.

"Notizie di Rose?" La voce di Leelah si sente chiaramente, ma sembra lontana.

"Non ancora. Il re ha mandato a dire che è al sicuro. Inoltre ha comunicato formalmente che è la prescelta dal re per il Patto per la Regina. Ci sarà presto un annuncio".

"È meraviglioso!" Leelah batte le mani. "Chi avrebbe mai pensato che la vostra Rose sarebbe stata scelta? È un onore così grande!"

Ma le lancia un'occhiata, poi guarda verso il cancello del cottage. Appena oltre il muro staziona un gruppo di soldati alfa. Stanno sorvegliando Ma? O la tengono prigioniera?

"Forse", dice Ma. "Festeggerò dopo aver parlato con Rose. Il re non ha detto se le permetterà di venire in visita, ma, conoscendo la mia Rose, lei non prenderà bene il fatto che le si dica cosa fare".

Apro la bocca, ma Ma non mi vede e non mi sente. È come guardare un film. O le riprese di una telecamera di sicurezza.

Volto le spalle alla sfera. "Ok, ho visto abbastanza". Se non riuscirò a fuggire presto, forse riuscirò a trovare un modo per mandare un messaggio a Ma. "Grazie", dico a Malandrino. "Mi mostreresti il resto del castello?"

Il *sussurro* gira così velocemente intorno al mio collo che mi fa il solletico. Mio malgrado, ridacchio.

Seguo Malandrino giù per la galleria. Quando mi soffermo a guardare le immagini, rimango a bocca aperta:

gli elementi in esse contenuti si muovono davvero! Le foglie degli alberi svolazzano in una brezza invisibile, le superfici dei laghi si increspano e le nuvole fluttuano nei cieli dipinti. Mi affretto a controllare i ritratti di persone vere e proprie, e mi sento un po' sollevata quando vedo che restano fermi. Quindi sono solo i paesaggi a muoversi. Sempre più strano...

Un quadro dall'aspetto più recente domina la parete in fondo, catturando la mia attenzione. Mi avvicino per osservarlo. Una donna dagli occhi gentili guarda fuori dalla tela. Indossa una corona, così come il suo compagno, molto più grande e dalla carnagione color smeraldo: una regina omega e il suo re alfa. Sono all'aperto, in mezzo a una miriade di fiori di luna. I piccoli petali, gli occhi della coppia, i soli sopra le loro teste non si muovono, ma tutti sembrano brillare. L'insieme è così realistico che non mi stupirei se le figure prendessero vita e uscissero dalla tela.

"Vedo che hai trovato i miei genitori". La voce di Bestian riecheggia nella galleria. Un formicolio mi sale sulla nuca. Fremo, desiderando il suo calore, il suo profumo.

Prendo un respiro profondo, reprimendomi, così da per poter conservare il più a lungo possibile le mie facoltà.

Ma, quando mi giro e lo vedo, resto senza parole. Il suo corpo incombe, enorme in uno spazio così vasto. A casa, sarebbe un gigante, un supereroe con la carnagione verde acqua e tatuaggi impressionanti. Tutto in lui – stazza, voce, presenza – lo proclama alfa.

È irresistibile. Che sia maledetto!

Si avvicina, uscendo dall'ombra e passando alla luce. Indossa un mantello, ma il cappuccio è abbassato. Lo guardo avidamente. Una maschera gli copre la metà superiore del viso, modellandosi sugli zigomi e scendendo lungo un lato della mascella. Ciò che rivela è assolutamente splendido. La struttura del suo volto mi lascia senza fiato.

La maschera si abbina al verde intenso della carnagione. I suoi segni sono di un verde smeraldo scintillante, proprio come gli occhi, i più sexy che abbia mai visto. I capelli, le sopracciglia e le ciglia sono dell'azzurro profondo e lucente dell'oceano.

"Buongiorno", mi saluta. Il mio rapitore ha buone maniere. Tra questo e il suo aspetto stupendo, ci metto un po' a ricordarmi che sono arrabbiata con lui.

Faccio appello alla mia newyorkese interiore, accento forte e tutto il resto. "È stata una bella mattinata, finché non ho scoperto che non potevo andarmene. Sono sorpresa che tu non mi abbia chiusa a chiave nella mia stanza".

Mi guarda con calma. "Non ce n'era bisogno".

"Perché hai barricato il palazzo".

"Non potevo essere certo che il confine magico intorno al mio castello ti avrebbe trattenuta. Quindi sei confinata all'interno. Per ora".

È così fottutamente sexy. Non è giusto. Gli volto le spalle. Fa male stargli così vicina e non essere tra le sue braccia. Voglio essere forte, ma resistergli è così fottutamente difficile.

"Non è necessario che sia così, piccola". Si avvicina. Percepisco delle leggere fusa nella sua voce.

Alzo una mano, ignorando il calore che mi attraversa il ventre. "Non farlo. Hai informato Ma?"

"Sai che l'ho fatto. Ho dato istruzioni al mio *sussurro* di mostrarti le prove, se lo desideravi".

Ecco perché Malandrino mi ha permesso di vedere la sfera. Stava eseguendo gli ordini.

"Tuttavia, non gli ho dato istruzioni di mostrarti la galleria. Sembra che questo particolare *sussurro* abbia un senso di lealtà verso di te, piuttosto che verso di me, il suo padrone". Dal tono Bestian sembra irritato.

In questo momento, quel *sussurro* è rannicchiato ai miei piedi.

Mi volto per affrontare il re. "Ti prego, non fare del male a Malandrino. Sta solo cercando di aiutarmi".

"Hai dato un nome al *sussurro*?" Sembra incredulo.

Elimino la distanza tra di noi e allungo un braccio per toccarlo. La mia mano sembra così minuscola sul suo avambraccio teso e muscoloso. "Ti prego, Bestian". Non potrei sopportare che ordinasse al piccolo *sussurro* di andarsene e non tornare mai più. "Malandrino è il mio unico amico".

"Sono io il tuo amico", mi informa.

Deglutisco e ritiro la mano. "Non mi fido ancora di te. Ti conosco appena". *E, per qualche motivo, sembri deciso a tenermi qui, quando ho chiarito che voglio andarmene.*

Punta lo sguardo su di me, ma dopo un attimo le sue spalle si rilassano. "Allora dovresti avere un alleato. Il *sussurro* può restare al tuo fianco. Ma solo se si atterrà anche alla mia volontà".

"Grazie". Malandrino gira delicatamente intorno ai miei stivali; poi non lo sento più. Rimango dove sono, con lo sguardo rivolto verso Bestian. "Stai indossando una maschera".

Piega la testa di lato. "Una mia creazione. Ti piace?"

"Sì". Vorrei negarlo, ma dal modo in cui la maschera abbraccia i suoi lineamenti, posso dire che lui ha la struttura ossea di un dio. Voglio comunque vedere il suo viso, ma è così dannatamente sensibile al riguardo. "Ti sta bene".

Indietreggia di un passo e mi offre il braccio. "Vuoi camminare con me?"

Mi fermo un attimo a riflettere. Non l'ha preteso. Non mi ha preso in braccio come una bambola. Me l'ha chiesto. Ho il diritto di rifiutare. E ora che so che Ma non è preoccupata per me...

Raggiungiamo un accordo, ha detto ieri sera.

Forse non posso fuggire subito. Forse il re e io siamo in guerra e, grazie alla sua forza e alle sue conoscenze superiori, vincerà. Ma vuole il mio consenso, la mia accettazione.

Forse posso negoziare con lui.

Forse sono qui per un motivo.

"Una tregua", concordo, e gli metto una mano sul braccio.

14

ROSE

"Voglio parlare con Ma", dico a Bestian mentre mi conduce in giro per lo sfolgorante palazzo.

"Si può fare".

"Davvero? Mi lascerai..."

"Non lascerai il castello, ma potrai comunque parlare con lei. È accettabile?"

"Sì". *Per ora.*

Mi accompagna giù per una scala e in un lungo corridoio. Qui l'aria è più fresca e profuma di libri.

La prima porta si apre e rivela una stanza accogliente, con un enorme tavolo coperto di fogli di pergamena. Una massiccia sedia abbraccia il tavolo, rivolta verso la porta. Dietro di essa c'è una parete con file e file di scomparti, ognuno dei quali contiene una pergamena.

"Cos'è questo posto?"

"Il mio studio. Prima o poi durante le tue peregrinazioni l'avresti trovato". Bestian mi fa strada verso il tavolo. Al nostro passaggio, le pietre arrotondate incastonate nelle pareti, su entrambi i lati, prendono vita. Brillano di arancione e viola scuro, emanando calore come lampade a raggi infrarossi incastonate in un caminetto elettrico. "Quando la porta è protetta, vuol dire che sto conducendo un esperimento e non devi tentare di entrare. I miei incantesimi di protezione non sempre funzionano con te, e i miei esperimenti possono essere pericolosi". I muscoli del suo braccio verde sono tesi, come se si aspettasse che io non sia d'accordo.

"È giusto. La sicurezza prima di tutto".

"Sì. La tua sicurezza prima di tutto".

Sopra la scrivania è sospeso un trio di grandi sfere, ognuna delle quali emana una luce blu.

"Quelle sfere...". Le indico. "Le usi per spiare le persone?"

Agita una mano e quella centrale ruota. Lì, sullo schermo arrotondato, compare un letto familiare e una pila di cuscini: la stanza dove ho dormito.

Stringo le labbra. "Quindi mi osservi".

"Certo. Ti trovo infinitamente affascinante". C'è una risatina in agguato dietro il suo tono divertito.

"La tua vita è molto noiosa e triste".

"Oppure tu, più di tutti gli esseri dell'universo conosciuto e oltre, sei quello più degno di essere studiato. Passerò il resto della mia vita a studiarti".

Oh, che adulatore! Vorrei ignorare le sue lusinghe, ma le mie guance sono incandescenti come le pietre del camino. Qualcosa nella sua voce, nel suo profumo, nei suoi occhi intenti sul mio viso... Mio malgrado, il mio cuore palpita. Un tempo desideravo che un ragazzo mi parlasse in questo modo. Mi sono bevuta tutte le bugie che mi hanno raccontato i miei fidanzati passati, fino al punto in cui ognuno di loro mi ha spezzato il cuore.

Ma Bestian non sta mentendo. Dice sul serio ogni sdolcinata parola. E questo mi spaventa più di tutto.

Mi guida a sedermi sull'enorme sedia. Mi appollaio sul sedile. Con i piedi che penzolano a pochi centimetri da terra, mi sento come Riccioli d'oro dopo la sua intrusione in casa altrui.

"Ti ho promesso che potrai parlare con Matron. E così sarà".

"Va bene".

"I miei *sussurri* si sono preparati". Appoggia una mano gigante sulla mia spalla e agita l'altra sulla sfera centrale. L'immagine della mia stanza scompare, sostituita dalla vista familiare e confortante del camino e della sedia di Ma. Mi si stringe la gola. Mi chino in avanti. Bestian non mi trattiene, ma la sua mano scivola sulla mia nuca, per poi stringerla dolcemente. Sotto le sue dita, il battito del mio cuore accelera.

"Ma?" la chiamo. La sua forma alta ed elegante si delinea sullo sfondo.

"Rose?" Gli occhi di Ma si illuminano e un sorriso le compare in volto.

"Ma, sono io". Anche se a distanza, è bello vedere il suo viso. La sua pelle malva è intatta e i suoi occhi blu non sono più infossati e stanchi. "Hai un bell'aspetto".

"Anche tu, mia cara".

Le mie spalle si rilassano. È davvero lei. "Come ti senti?"

"Molto meglio, grazie al re". Mi strizza l'occhio e so che ha notato la mano del re sulla mia nuca. Bestian è in piedi accanto a me, per lo più fuori dal suo campo visivo, ma la sua presenza non può essere negata.

"Non ho fatto in tempo a raggiungere il fiume", le dico. "Gli alfa mi hanno trovata. Sono scappata e il re... mi ha salvata". *Dalla padella...*

"Capisco". Ma sembra calma, però mi sta studiando attentamente.

"Non so come sia successo", mento. Non ho intenzione di menzionare la pozione illegale che lei mi somministrava, non con il re proprio qui. "Qualcosa ha scatenato il mio estro. A quanto pare, sono un'omega. Un'omega umana. Chi l'avrebbe mai detto?" Mi viene spontanea una risatina.

"Oh, Rose", mormora Ma.

"Sto bene", mi affretto a dire. "Questo palazzo è illuminato. E ho tutti i dolci che posso desiderare".

"Il re ti tratta bene?"

Sento le fusa alle mie spalle. La tensione alla schiena si scioglie e tutto il mio corpo affonda nel sedile.

"Molto bene". Cerco di impedirlo, ma la mia voce assume un tono sognante. "Come una regina".

Bestian si schiarisce la gola. La sfera si alza e fluttua all'indietro per mostrare sia me sulla sedia sia l'alfa accanto ad essa.

"Vostra Maestà". Ma china il capo.

"Matron Marphel. Hai trovato e curato l'omega del re. Sei degna di lode".

Ma non dice nulla, però storce le labbra.

"In segno di gratitudine, permetti ai miei servitori di restare al tuo fianco. Niente potrà sostituire Rose, ma i *sussurri* possono aiutarti".

"Ne sono onorata, Vostra Maestà". La voce di Ma è aspra. Ci sono molte cose che non dice.

Sbatto le palpebre, ma, tra l'effetto delle fusa e il calore che aumenta nel mio nucleo, i miei pensieri nuotano all'indietro.

"Di' arrivederci, mio piccolo fiore di luna", mi ordina Bestian.

"Arrivederci, Ma. Ci vediamo presto", aggiungo.

La sfera si oscura e Ma scompare. Mi appoggio alla sedia, troppo rilassata per preoccuparmene. Vorrei girarmi e strusciarmi a Bestian. Le sue fusa mi calmano sempre, ma perché ora mi sto anche eccitando? Un caldo formicolio si diffonde nel mio petto e nel mio ventre.

"Grazie", riesco a dire. Non chiedo quando potrò parlare

di nuovo con Ma. Anche se mi dovesse dire di no, troverò il modo di vederla. I *sussurri* mi aiuteranno.

I pensieri mi sembrano molto lontani.

"Pare che tu stia andando di nuovo in calore, omega". Le fusa di Bestian aumentano di volume. Il suono vibra nel mio corpo. La pelle d'oca mi pizzica ovunque, e stringo le cosce. "E non temere: ti scoperò molto, molto presto. Ma, prima, ho un'altra cosa da mostrarti".

~

BESTIAN

Gli occhi del mio piccolo fiore di luna sono pozze scure, scintillanti, e segnalano l'inizio dell'estro. Il suo profumo dolce e muschiato si innalza in una nuvola inebriante. L'uccello si tende nei miei calzoni mentre la faccio procedere lungo il corridoio poggiandole una mano pesante sulla snella schiena. Le mie fusa si fanno più profonde, più roche; si trasformano quasi in un ringhio.

Quando Rose ha parlato con la guaritrice presso cui viveva, ho percepito la sua tensione. Le mie fusa sono state automatiche. Non avevo previsto il loro effetto su di lei. Le antiche pergamene descrivono come l'odore, la voce e il comportamento protettivo di un alfa possano scatenare il calore in un'omega. Ma Rose non è una tipica omega. Non possiamo sapere se il suo estro segue schemi normali.

Eppure, questa è la prova che è in sintonia con me. Potrebbe negarlo, ma il suo corpo non mente.

La forma slanciata di Rose ondeggia davanti a me. Alla fine del lungo corridoio, i *sussurri* aprono le porte.

I suoi passi vacillano. "Dove mi stai portando?"

"Lo vedrai. È una sorpresa. Credo che ti piacerà".

Gira la testa verso di me e sbatte le palpebre. "Non mi

sono mai sentita così, prima. Con nessuno. Non credevo fosse possibile".

"In parte è l'omega che è in te. Ma il fatto che tu reagisca così fortemente a *me* dimostra che Ulf ti ha destinata a me. Era destino che tu mi trovassi. Era destino che tu fossi mia".

"È ridicolo", borbotta lei. "Tutte quelle stronzate sull'anima gemella... La gente le dice sul mio pianeta, ma non sono vere".

"Tu non credi nelle unioni di anime, vero?"

Corruccia il viso, sforzandosi di rispondere. Trovo adorabile che sia determinata a contrastarmi, anche nel suo stato di beatitudine. "Se è la stessa cosa delle anime gemelle, allora sì, non ci credo È una bugia per vendere sdolcinati biglietti d'auguri e perpetuare il mito della famiglia nucleare perfetta".

"Allora perché sei così attratta da me?"

"Ci deve essere una spiegazione logica". Scuote la testa. "Le fusa. Mi fanno qualcosa".

Il rimbombo nel mio petto aumenta di volume. "Hanno un effetto su di te. Come tu lo hai su di me. No, non discutere. Rilassati e lasciati andare".

Sospira.

"Non ti lascerò a lungo in attesa, piccola mia. Ma, prima, il tuo regalo".

La sollecito a proseguire. Finché non arriviamo alle porte, per metà cammina e per metà si appoggia a me. Subito la ricca fragranza dei fiori di luna giunge alle mie narici, mentre il suono dell'acqua corrente offre un istantaneo relax.

"Cosa..." La sua testa ricade contro il mio petto, a bocca aperta. Il gigantesco spazio davanti a noi è più grande di qualsiasi sala da ballo. Due serie di scale sinuose si dipartono dalle porte e conducono a un lago cristallino. Su una sponda del lago, una cascata si getta da una piattaforma invisibile. Intorno all'acqua crescono rigogliosi boschetti di fiori di luna. Sopra le nostre teste, il soffitto si estende in una vasta distesa nera, profonda come un lago infinito, scura come il cielo di mezzanotte. Piccole luci scintillano ovunque come gioielli.

Rose fissa la scena, beandosi della vista che le viene offerta. "Com'è possibile?"

"Magia", sussurro. I *sussurri* corrono per la stanza, smuovendo i rampicanti. Alcuni viticci si arrampicano fino a raggiungerci, sbocciando ai nostri piedi.

"È un giardino... all'interno del palazzo".

"Mia madre trascorreva qui la maggior parte del suo tempo. Coltivava i fiori di luna". Ne strappo uno minuscolo, di colore viola, da un rampicante vicino e glielo metto dietro un orecchio.

"È vietato raccogliere i fiori di luna", mi ricorda Rose.

"Per tutti, tranne che per il re. O la regina", aggiungo.

La sua bocca si chiude di scatto.

Aspetto qualche istante, mentre lei si guarda intorno. "Ti piace?"

"È bellissimo", ammette.

"È tuo. E c'è dell'altro". La faccio salire su una pedana e chiamo i *sussurri* per farci portare oltre la cascata. Lì, in una grotta segreta, c'è lo studio della regina. È molto simile al mio, con un grande tavolo da lavoro e una sedia, e pietre termiche incassate nel muro. Il fuoco nell'angolo si accende quando entriamo.

Muschio vivo e piante pendenti si intrecciano alle pareti. Rose si sofferma ad assorbire il tutto, con la punta delle dita a pochi centimetri dalle foglie verde scuro. "Qui devono esserci esemplari di ogni tipo di flora ulfarri", esclama.

Ridacchio. "Non tutti i tipi, ma molti. Ma soprattutto, questa biblioteca contiene montagne di conoscenze e trattati rari sulle omega". Faccio un cenno con la mano alle pergamene e ai libri disposti ordinatamente sugli scaffali. "Ne ho presi in prestito alcuni per i miei studi. Gli altri sono qui. Posso insegnarti ciò che so sulle omega, ma potresti volerne sapere di più per conto tuo".

"Non so leggere l'ulfarri".

Mi acciglio. "Hai un chip traduttore".

"Non funziona con la parola scritta".

I maghi beta che hanno fatto passare le umane attraverso il portale devono aver disattivato alcune funzioni dei chip traduttori. Chiunque abbia ordinato queste omega non voleva che leggessero. "Il chip dovrebbe avere una funzionalità visiva", dico. "Con il tuo permesso, lo farò esaminare ai *sussurri* mentre dormi. Se c'è un modo semplice per modificarlo, così che tu possa leggere, potranno farlo". Il silenzio si protrae tra noi finché non propongo: "O, se preferisci, posso semplicemente insegnarti a leggere la nostra lingua".

Sbatte le ciglia. Il suo profumo si mescola dolcemente con la fragranza pervasiva dei fiori di luna. Non riesco a capire cosa stia pensando. "Lo faresti?"

"Sarebbe un onore per me".

"Di' ai *sussurri* che possono esaminare il chip. Se non riescono a farlo funzionare, allora puoi insegnarmi tu". Mi offre un piccolo sorriso. "Mi piacerebbe saperne di più sull'essere un'omega".

Mi avvicino. Sto andando sempre più in calore e non riesco più a trattenermi dal toccarla. La mia mano va alla nuca e la massaggia dolcemente. "Nel frattempo, posso dirti quello che so". La mia voce è roca.

"Va bene", dice lei.

"Quando un'omega va in estro, questo può durare giorni. Addirittura settimane. Poi si affievolisce per un certo periodo, prima di tornare..."

"Una specie di mestruazione", mi interrompe Rose. "Le umane hanno qualcosa di simile", aggiunge. "Ma non così intenso come questo... grazie a Dio. Comunque, scusa. Continua pure".

"Grazie. Come dicevo, i cicli di estro continuano per tutta la durata degli anni fertili di un'omega, interrompendosi solo quando, dopo l'accoppiamento, resta gravida".

"Vuoi dire incinta?"

"Sì, ma tutte le nostre conoscenze sono state raccolte prima che il tasso di natalità diminuisse, per non parlare del fatto che sono stati studiate solo le omega ulfarri. Ci sono buone possibilità che le omega umane, o quelle create dal siero, siano diverse. È altamente improbabile che tu sia già incinta dopo il primo estro".

"Ok". Sembra assonnata. La prendo in braccio prima che cada a terra. È così piccola. Anche se i suoi ricci sono sciolti e ondeggiano in un'aureola intorno alla testa, le punte non raggiungono il mio mento.

"Ma è possibile che un'omega umana si leghi a un alfa e ne partorisca la prole". Il mio cuore batte per l'eccitazione, al solo pensiero. "Mio caro piccolo fiore di luna, non vedo l'ora di ingravidarti".

Un brivido la attraversa. Paura? Anticipazione? Il suo profumo addensa l'aria intorno a noi. Il mio uccello pulsa: un dolore insistente e sordo. Chinandomi, strofino la guancia sulla testa di Rose, crogiolandomi nel suo profumo.

"La nidificazione è un buon segno", le sussurro all'orecchio.

"In questo momento dovrei dare di matto. Ma sono troppo rilassata. Cosa significa "legarsi"?"

"Il legame si forma tra un'omega e il suo compagno alfa quando lui la reclama. Gli studi che ho visto non sono chiari sul momento esatto in cui si forma il legame – può essere un processo graduale o avvenire istantaneamente, soprattutto in un legame di anime – ma la maggior parte concorda sul fatto che tutto parte dal morso della rivendicazione".

"Il morso della rivendicazione?"

"Sì". Traccio con un dito la pelle delicata del suo collo. Lei rabbrividisce di nuovo. "Come sai, un alfa non è immune all'odore di un'omega in estro. Risponde a lei andando in calore, la versione alfa dell'estro. La sua priorità è quella di prendere la sua omega, di scoparla".

"Mmm", mormora Rose, sognante.

"Il suo istinto successivo è quello di reclamarla completamente mordendola. Per marchiarla come sua, per impregnarla del suo odore, per allontanare la concorrenza. Può morderla in qualsiasi punto del corpo, e saranno legati per tutta la vita". Non riesco a evitare che la mia voce si faccia più roca mentre descrivo tutto ciò. Non c'è dubbio che io voglia reclamare il mio piccolo fiore di luna, e questo desiderio diventa ogni giorno più forte. L'altra sera ci sono andato così vicino...

"Fa male?"

"È possibile. Ma sembra che le omega siano predisposte a godere del dolore. Infatti, alcune lo hanno descritto come l'estasi definitiva".

"Non lo so. Sembra piuttosto intenso. Per non dire permanente".

"È entrambe le cose".

"Vuoi... reclamarmi?" La sua voce è sommessa, esitante.

Con tutto me stesso. Ma qualcosa continua a trattenermi. Cerco una risposta evasiva. "Come alfa, ho questo istinto, naturalmente. Tu vuoi che lo faccia?" Trattengo il respiro, in attesa della sua risposta.

Deglutisce. "Non lo so. "Permanente" suona così... permanente".

Le sue parole sono come aghi nel mio cuore, ma mantengo un tono leggero. "Allora aspetteremo finché non sarai pronta. No, finché non mi *implorerai* di farlo. E ti prometto che un giorno lo farai, piccola mia".

15

ROSE

Due cose sto imparando su Bestian. Primo: quando si tratta di conoscenze sulle omega, è un nerd. E secondo: quando si tratta di toccarmi, è un dio.

A dire il vero, sono già molto vicina a supplicarlo.

Le sue dita forti mi massaggiano la nuca mentre mi dice: "Ho letto che il morso crea un legame così forte tra i compagni che i due possono percepire le rispettive emozioni: paura, dolore, felicità. Anche quando sono lontani".

"Come è possibile?"

"Magia".

"Certo". Non mi interessa quello che dice, purché non smetta di toccarmi. "Sono umana", gli ricordo.

"Le omega umane su Ulfaria si sono legate ai loro alfa. O almeno così ho sentito dire".

"Il che mi fa venire in mente... Pensi che potrei incontrarle? O almeno una di loro?" Sono stata così distratta da tutto che ho sempre dimenticato di chiederlo a Bestian, ma la possibilità di parlare con qualcun'altra nella mia stessa posizione, che sa esattamente ciò che sto passando, sarebbe irreale.

"Sono sicuro che si può fare. Anzi, una di loro ha già chiesto di te".

"Cosa? Quando? Chi?" Indignata perché non me l'ha detto prima, sbuffo e mi giro a fissarlo.

"Calmati, piccola!" Allungata una mano, Bestian infila gli artigli nei miei capelli e mi tira indietro la testa con cautela, così da farmi annegare nelle profondità oceaniche del suo sguardo. "Ho semplicemente dimenticato di dirtelo prima d'ora. Le mie scuse".

Maledizione, perché non riesco mai a restare arrabbiata con lui? Perché il mio ventre si contorce di desiderio solo per il modo in cui mi guarda?

"È stata Kim", continua. "La regina del Re d'Oro. A quanto pare, è una bella gatta da pelare, ma è saggia e coraggiosa".

Con mio grande stupore, al suo elogio di un'altra donna un'acida vampata di gelosia si abbatte su di me. Anche questa è una cosa da omega? Non ricordo di essere mai stata un tipo particolarmente geloso. "Lo è lei, ora?" Non riesco a evitare un tono gelido.

Bestian ridacchia. "Eccola qui: la famosa gelosia delle omega. Non c'è da preoccuparsi, mio piccolo fiore di luna. Ho occhi solo per te. Sei intelligente, spiritosa e bellissima. L'omega più perfetta di tutte".

In modo esasperante, le sue parole alleviano immediatamente la mia ansia. Distolgo lo sguardo, tutta accaldata in viso. Ho sempre detestato quando gli uomini sminuiscono le altre donne per rassicurare le proprie compagne. E ora eccomi qui, a compiacermi di queste stronzate. Che cazzo di problema ho?

"Lo neghi?"

"Sei prevenuto. E un nerd".

"Nerd?"

Il suo tono confuso riporta il mio sguardo sul suo viso.

"Non importa. È una cosa della Terra. Ma tu lo sei. Credimi". La mia mano arriva di sua spontanea volontà a toccare la guancia del re attraverso la maschera. Voglio vedere meglio il suo volto.

"Non è il caso", dice, e mi rendo conto di aver parlato ad alta voce. Prende la mia mano irrequieta nella sua mano gigante.

"Voglio toccarti", sussurro. L'ebbrezza sonnolenta che ho provato prima è svanita, sostituita da nuove ondate di calore formicolante nel mio basso ventre.

"Allora toccami, piccola omega". Taglia il davanti della camicia con un artiglio e il tessuto si stacca dal suo petto muscoloso. I miei palmi bramano di sentire la sua pelle scintillante.

Dovrei fare un discorso, ma le parole mi sfuggono. Il mio clitoride freme insistentemente, distraendomi. "Non sono un'omega", borbotto.

Il suo ringhio improvviso mi fa sobbalzare. Mi sfugge un piccolo gemito e la mia figa palpita deliziosamente.

"Hai bisogno di prove?" I suoi occhi – pozze scure scintillanti nell'oscurità – mi tengono bloccata sul posto. Ritrae gli artigli e poi, mentre un braccio si stringe intorno a me, l'altra mano va in esplorazione sotto il mio vestito. Il suo dito trova le mie labbra inferiori, scivolando tra di esse per liberare uno zampillo dei miei umori, facendomi emettere un gemito che ha poco di umano. È selvaggio. Primordiale. Disperato. Trova il mio bocciolo pulsante e lo circonda per un momento allettante prima di sollevare il polpastrello gocciolante e agitarlo nell'aria tra di noi.

Il bisogno mi assale.

"Tu sei un'omega, Rose. Solo un'omega reagirebbe al mio tocco in questo modo. Solo un'omega produce questo tipo di umori". Come per dimostrare la sua tesi, ne lecca un po' dal dito, senza mai lasciare i miei occhi.

Posso solo fissarlo, come se mi avesse ipnotizzata. Il dolore nel mio sesso è lancinante.

"Forse non sei un'ulfarri, ma non mi interessa. E non mi interessa da dove vieni. Ulf ha ritenuto opportuno allungare la sua mano nell'universo e portarti da me". I suoi occhi lampeggiano. "Ora sei mia. E mia resterai".

Alle sue parole, il mio cuore batte forte e il basso ventre si contorce. Paura? Desiderio? Non riesco a capirlo.

Bestian incombe su di me. "Non dovrai più combatterla. Ti sottometterai alla tua vera natura". Non posso muovermi, bloccata come sono dal suo braccio, duro come il ferro. "Ti sottometterai a me".

Ringhia di nuovo, e tutto il mio corpo è in preda alle convulsioni. Chiudo gli occhi, e dietro le mie palpebre esplodono stelle bianche e caldissime. Mi cedono le gambe, ma Bestian mi solleva. Per puro istinto, le chiudo intorno a lui e dondolo i fianchi in avanti, cercando il massimo contatto.

"Così vogliosa, piccola omega!"

Un suono lamentoso mi sfugge dalla gola. Mi sforzo di avvicinarmi, cercando di alleviare il bisogno martellante che ho nel cuore.

"Piano", mi dice per placarmi. Le sue mani enormi trovano il mio sedere, lo stringono e mi sollevano. Mi tiene su mentre strofino il clitoride dolorante e pulsante contro di lui. Piccoli orgasmi sfavillano e sfrigolano tra le mie cosce, in un crescendo di sensazioni.

"Bestian!"

"Sì, piccola, pronuncia il mio nome. Il tuo corpo sa per cosa è stato creato, anche se tu lo neghi".

La tensione nel mio ventre si intensifica.

"Bestian..." Sto ansimando. I suoi occhi verdi sono quasi neri di desiderio.

"Chiedimelo! Dimmi di cosa hai bisogno".

Sono andata troppo oltre per preoccuparmi del fatto che lo sto implorando. "Ringhia ancora per me. Ti prego".

Un terremoto rimbombante erompe dal suo petto, scuotendomi nel profondo. Innesca una valanga che mi trascina giù. Vengo con un urlo strozzato, tremando tra le sue braccia.

Devo aver perso i sensi per un secondo, perché, quando mi riprendo, sto sbattendo le palpebre guardando il soffitto. La luce rossa del fuoco lambisce le ombre.

Un mostro si sta ergendo su di me. La forma massiccia di Bestian è per metà in luce e per metà in ombra. È nudo; il suo torso massiccio è un'imponente combinazione di muscoli tatuati e cicatrici. Passa una mano su di me e, con qualche colpo di artiglio, mi strappa i vestiti.

"Omega", dice facendo le fusa, stringendomi i seni fino a farmi sussultare. Abbassa una mano per toccare il mio sesso e io mi alzo di scatto, allungando un braccio verso di lui.

Si stende supino, per poi mettermi a cavalcioni sulla sua gigantesca figura, allargandomi le gambe. Scivolo giù, cercando il suo uccello. Anche se sono appena venuta, nella mia figa permane una smania assillante e insoddisfatta. Mi dondolo sulla cresta della sua asta pulsante, mugolando quando il clitoride la raggiunge con la giusta angolazione. Gli appoggio le mani sulle spalle larghe, cercando di impalarmi sulla sua spessa lunghezza.

Bestian mi afferra i fianchi, fermandomi. "Pazienza!"

"Adesso", ringhio. Le mie dita si inarcano e scavano nei suoi pettorali tesi. Lo artiglierei, se questo servisse a farlo entrare più velocemente dentro di me.

La sua risata si riverbera in me. Mi solleva e il suo uccello si alza, facendo schizzare gocce dei miei stessi umori e imbrattandomi il ventre. "È questo che vuoi?"

"Sì". Tendo le cosce, cercando di oppormi alla sua presa e di affondare su di lui. La mia figa grondante è a pochi centimetri dalla punta del suo membro. Potrei urlare di frustrazione.

"Sei sicura? Vuoi sentirmi in profondità nella tua fighetta stretta, rosa e bagnata?"

"Sì! Per favore!"

"Pensi di poterlo prendere?" Il suo tono beffardo e calmo è tanto esasperante quanto sexy. "Pensi di farcela con il mio uccello grosso e duro e il mio nodo ancora più grosso e duro? O devo prima farti venire un altro po' di volte? Stai già gocciolando, ma...".

"No!" urlo. "Posso farcela! Ti prego, scopami! Ti assicuro che posso prenderlo!"

"Allora prendilo!" Con una facilità ridicola, si allinea alla mia fessura e mi entra dentro lentamente... uno straziante centimetro dopo l'altro. È così enorme e mi sta allargando così tanto... Il solo pensiero è sufficiente perché la mia figa si stringa forte, mentre un altro schizzo dei miei umori facilita il passaggio.

"Vedi, Omega? Vedi come ti bagni per me?" Raccoglie un po' di liquido e me lo imbocca. Succhio il dito con avido abbandono. Il profumo mi fa rovesciare gli occhi.

Mi afferra la nuca con una mano enorme, costringendomi a concentrarmi; poi spinge con forza, facendo entrare completamente il resto dell'uccello. Chiudo gli occhi e ansimo per il piacere intenso e doloroso di essere riempita del tutto.

"È così che un'umana risponde al suo gracile maschio?"

Mi scappa una risatina. Non posso farne a meno. Nessuno dei modelli e dei dirigenti arroganti con cui sono uscita, con i loro lineamenti botoxati e i loro muscoli oliati, potrebbe reggere il confronto con il corpo possente e il bellissimo viso di Bestian. "No", ammetto.

Bestian disegna cerchi leggeri e pigri sul clitoride fino a farmi gridare; poi porta il suo dito umido sulle mie labbra.

Ci sbatto contro la lingua, gustando il modo in cui il mio stesso sapore esplode sulla lingua. Quindi mi passa le punte degli artigli sui seni, fermandosi a schiaffeggiarli leggermente. Il dolore si scatena e arriva dritto al mio nucleo pulsante.

"No. È così che rispondi a me. Il tuo alfa. Il tuo compagno". Sembra così compiaciuto, così sicuro di sé, ma non riesco a discutere. Non voglio farlo.

È profondamente dentro di me, mi sta allargando, proprio là dove lo voglio, ma non si muove e le mie cosce tese non collaborano quando cerco di cavalcarlo. Così faccio ruotare i fianchi, mugolando, desiderando che mi dia tutto ciò che desidero.

Mi massaggia il collo, sostenendomi mentre inarco la schiena per cercare di farlo entrare ancora di più dentro di me. Le mie viscere si agitano intorno alla sua enorme circonferenza.

"Arrenditi", mormora Bestian, e io ne ho abbastanza del suo tormento.

"Zitto", gli dico. "Zitto e scopami".

I suoi addominali risaltano chiaramente quando si tende e si mette a sedere, chinandosi in modo che i suoi occhi scintillanti arrivino all'altezza dei miei.

Mi lecco le labbra, mentre la combinazione di paura e desiderio mi fa girare la testa appena lui appoggia le sue enormi mani sulla mia vita, stringendo quanto basta per farmi sussultare.

Fa scattare i fianchi verso l'alto, facendomi rimbalzare sul suo uccello. Il movimento lo spinge ancora più a fondo dentro di me. Nel mio cuore esplode una scarica di piacere, un susseguirsi di fuochi d'artificio che crescono in dimensioni e intensità.

Bestian mi stringe più forte la vita, tenendomi in posizione mentre mi martella da sotto. Io sono sopra di lui, ma è il re che ha il controllo.

Mi dà uno schiaffo sul seno, leggero ma abbastanza forte da farmi male. Rabbrividisco e mi stringo intorno a lui.

"Ti piace, vero, piccola?", ringhia, schiaffeggiandomi di nuovo. "Sento la tua figa che stringe l'uccello ogni volta che ti faccio male; quindi è inutile negarlo".

Dà un'altra spinta decisa, e io mugolo mentre il piacere aumenta... e aumenta... Il rigonfiamento alla base del suo membro – il nodo – sta crescendo, tendendomi fino a farmi provare dolore. Saldandomi a lui.

"Ci sei vicina, vero?" chiede Bestian. "Hai intenzione di fare la brava bambina e di venire sul mio uccello?"

Sposta leggermente i fianchi, cambiando l'angolo di penetrazione, e colpisce un punto in profondità dentro di me che mi fa tremare le cosce.

"Ho voglia di riempirti, piccola omega". La voce di Bestian mi risuona nell'anima. Non posso far altro che mettermi a cavalcioni su di lui e assecondare ogni spinta forte e precisa. "Di sparare tutto il mio sperma caldo dentro di te... là dove deve stare. Ma, prima, verrai bene e forte... così forte che la tua fighetta stretta mi *mungerà*, così a lungo da spremere fino all'ultima goccia...".

Le sensazioni raggiungono un crescendo, e io scatto. Onde di piacere bruciante si propagano dal profondo del mio nucleo al basso ventre, mentre la mia figa si increspa in modo incontrollato.

Con un ruggito, Bestian mi segue oltre il limite, con il suo nodo che pulsa a tempo con le mie contrazioni. Mi accascio su di lui, distesa e floscia come una coperta. Sono esausta.

Quando il suo orgasmo si è placato, Bestian si appoggia sulla schiena, portandomi con sé. Emette un ringhio, e dalla mia figa malandata e soddisfatta sgorga un altro po' di liquido, che si spande tra di noi. Le sue dita trovano i miei capelli e mi tirano indietro la testa.

"Questa è la mia bellissima ragazza", mormora. Mi tendo verso l'alto per trovare le sue labbra e lo bacio con tutti i sentimenti che non riesco a esprimere. Sento il mio sapore su di lui. Sento il suo sapore. E la miscela delle nostre essenze è perfetta.

16

ROSE

MI SVEGLIO con un delizioso dolore tra le cosce. I miei muscoli interni sono tesi e doloranti. Ma sto sorridendo. Hashtag nessun rimpianto.

Ieri sera è stato incredibile. Non mi era mai capitato di venire con la sola penetrazione. O almeno, non credo. I ricordi dei miei vecchi amanti sono sbiaditi e privi di dettagli, ma, mentre ricordo che uno o due di loro erano piuttosto bravi a letto, gli altri mi hanno lasciato con una sensazione palpabile di delusione.

La scorsa notte ha spazzato via tutto questo.

Malandrino svolazza sopra il mio viso, scompigliandomi i capelli. Sono di nuovo nella stanza della nidificazione, sdraiata su un lato del grande letto. Accanto a me c'è un grande avvallamento, là dove ha dormito Bestian. Non ricordo che mi abbia portato qui, ma il calore persistente mi dice che ci siamo coccolati a vicenda per tutta la notte.

Quando mi metto a sedere, i miei muscoli protestano. Meno male che Bestian non è qui; ho bisogno di un po' di tempo per riprendermi.

Il *sussurro* avvicina alla mia mano un foglio di pergamena ornato. Il mio sguardo si sofferma sulla scrittura aliena: *Mia adorata Rose...* Lo afferro e rimango a bocca aperta di fronte alla calligrafia. Riesco a leggerla! Bestian ha fatto ciò che aveva promesso: i *sussurri* hanno riparato il mio chip traduttore.

Mia adorata Rose,

ieri sera, abbiamo toccato e mantenuto la perfezione. Mettiamo da parte le nostre differenze e abbracciamo ciò che Ulf ci ha dato.

Oggi ti riposerai. I sussurri soddisferanno ogni tuo capriccio. Stasera mi raggiungerai per la cena.

Comandi e complimenti. Dovrei lanciare il biglietto dall'altra parte della stanza. Invece, ne annuso gli angoli, alla ricerca di tracce persistenti del profumo di Bestian.

Cazzo, lui mi piace da morire!

Il pensiero di partire è sempre meno allettante. Sì, voglio la mia libertà e la possibilità di far visita a Ma. Però forse c'è un modo per avere la botte piena e la moglie ubriaca.

Malandrino mi stuzzica le estremità dei ricci. Gli restituisco il biglietto di Bestian e lo guardo fluttuare dolcemente nell'aria.

"Il re mi ha informato che devo unirmi a lui per la cena", dico all'amichevole *sussurro* mentre scendo dal letto.

Malandrino mi passa accanto, raddrizzando il piumino e lisciandolo sugli angoli del letto.

"Non preoccuparti, ho intenzione di andarci. Ma ho bisogno del tuo aiuto".

Il venticello si aggira intorno alle mie caviglie come un gatto.

Bestian vuole una tregua? Vuole *arrivare a un accordo*? Tratterò con lui finché non avrò in mano tutte le carte. E poi vedremo chi comanda davvero.

Raddrizzo le spalle e impartisco il mio primo comando da regina: "Fammi sembrare una regina".

BESTIAN

Questa mattina ho lasciato Rose che dormiva. Maledico i miei doveri reali, ma i consiglieri che governano la città di Medea al mio posto chiedono a gran voce la mia attenzione. Vogliono consigli su come affrontare la Morte Rossa.

Non desidero altro che rimanere con la mia omega, ma, ogni volta che penso a lei, le parole che mi ha detto all'inizio riecheggiano nelle mie orecchie:

Se sei il re, dovresti fare qualcosa. La tua gente sta morendo.

Ho inviato dei brevi messaggi per dire ai miei consiglieri che la Morte Rossa è già sotto controllo e che ho distribuito una pozione che invertirà la maggior parte dei sintomi. Non è una cura, ma è il culmine delle ricerche che ho iniziato quando la maledizione si è abbattuta sul nostro territorio. Invio la maggior parte di queste scoperte ai miei maghi reali, ordinando loro di continuare a studiare la maledizione, seguirne la diffusione e nominare un comitato che si occupi degli afflitti.

"Un'altra questione", dice un altro consigliere attraverso un canale privato. "Ho sentito dire che avete dato inizio al Patto per la Regina e che avete trovato un'omega".

Agito una mano e le mie sfere di comunicazione si oscurano. Mando i *sussurri* con un ultimo editto che dice che non devo essere disturbato.

I miei consiglieri sanno che ho dato inizio al Patto per la Regina, poiché sono stati loro a ricevere il decreto reale la mattina dopo che Rose si è presentata alla mia porta. Ero così smanioso di trovarla che non ho avuto altra scelta che rendere pubblica la mia ricerca. Tuttavia, loro non sanno cosa è successo dopo, e io voglio mantenere il segreto sulla mia omega, almeno per ora. Non è pensabile che sarà per sempre, soprattutto perché Aurus adesso lo sa, ma, per quanto possa sembrare egoista, voglio tenerla tutta per me il più a lungo possibile. Spero che la notizia non si diffonderà subito a Medela.

Prima ho cercato di spiare Rose, ma il *sussurro* mi ha informato che lei aveva chiesto un po' di privacy. Credo che in quel momento fosse in bagno. È la prima volta che non cerca di andarsene subito dopo il risveglio, e non so dire quanto questo mi scaldi il cuore.

Sta tramando qualcosa. Non vedo l'ora di scoprire di cosa si tratta. Ma mancano ore alla cena. Prego che sia qualcosa di buono. Lei mi incuriosisce, però è tormentata. Per quanto mi avvicini fisicamente a lei, percepisco sempre una sorta di barriera invisibile tra di noi. Non riesco a trovare un altro modo per descrivere ciò che ci separa.

Mi chiedo se abbia a che fare con i brutti sogni che a volte fa.

Mi aggiro per il palazzo, controllando i preparativi che vengono fatti dai *sussurri*. Questa notte deve essere perfetta. Voglio mostrare alla mia nuova compagna tutti i piaceri della sua nuova vita.

Quando raggiungo la sala da ballo principale, dove Rose mi ha affrontato per la prima volta, i miei passi rallentano.

Forse dovrei emanare un editto per offrire aiuto agli afflitti. E costituire un nuovo comitato per supervisionare la ricerca sulla Morte Rossa e su altre maledizioni simili.

Alzo lo sguardo. Camminando, sono arrivato alla galleria, davanti al ritratto dei miei genitori. Mio padre ha un aspetto saggio e severo, mia madre amorevole e gentile.

"L'avreste amata", dico loro. "La sua arguzia, la sua bellezza. Lei mi ha cambiato, di già".

Un sorriso aleggia sulla bocca di mia madre. Darei qualsiasi cosa per sentire di nuovo la sua voce.

"Rose sarà una grande regina". Merita un'incoronazione.

D'altra parte, io non ne ho mai avuta una, ritenendola superflua.

"*Governare è un peso e un privilegio*", mi disse mio padre mentre giacevo a letto, malato. "*Quando non ci sarò più, dovrai prendere il tuo posto come re. Lavora ogni giorno per dimostrare di esserne all'altezza*".

Ma non l'ho fatto. L'unica cosa che ho fatto è stata trovare un'omega. E non l'ho nemmeno trovata io; è stata lei a trovare me.

Un'ondata di vergogna mi invade il petto. Le cicatrici sul viso prudono e mi dolgono: un ricordo permanente. Forse è un bene che i miei genitori se ne siano andati da tempo. Grazie a Ulf, non vedranno mai il fallito che è diventato il loro figlio.

Distolgo lo sguardo dal ritratto dei miei genitori e costringo i miei pensieri ad andare in un'altra direzione. La giornata sta finendo e c'è molto da fare. Rose si sta preparando e lo farò anch'io. Questa notte deve essere perfetta. Corteggerò la mia omega e conquisterò il suo cuore.

Forse allora sarò degno di una regina.

ROSE

Il mio vestito è una meraviglia. Non so come abbia fatto Malandrino, ma indosso una cosa uscita da un film di Cenerentola, solo che non è azzurro cielo, né rosa cipria, né tantomeno rosso-nero. È tutti questi colori e altri ancora, increspati come un tramonto sull'acqua, sorprendenti come uno scorcio di una galassia. Trafiggenti come il bagliore di un diamante, scintillanti come il cuore di una perla. È come se indossassi l'intero cielo notturno.

L'ultima delle cinque lune sta sorgendo quando percorro la lunga galleria dei ritratti, diretta alla sala da ballo. Il mio *sussurro* preferito mi accompagna, sostenendo lo strascico. Ha fatto anche qualcosa per fissare i miei capelli e i gioielli che si intrecciano tra i ricci. Tutto in questo vestito è magico o, se non magico, almeno sfida le leggi della fisica.

Mi fermo sotto il ritratto dei genitori di Bestian, lisciando il davanti del mio vestito. Questa sera sembra un primo appuntamento.

"Credo che sia una specie di primo appuntamento", dico a Malandrino. La luce bassa delle sfere incandescenti cattura il dipinto, facendo scintillare gli occhi della regina. Sembra che mi stia fissando.

"Non gli spezzerò il cuore", le dico e scherzo: "Non sono sicura che ne abbia uno". Appena lo dico, so che non è vero. Finalmente ha smesso di essere così prepotente e sta cercando di facilitarmi il cammino nella mia nuova vita.

"Sa essere gentile. Ma si è chiuso al mondo. Non credo che questa sia la vita che volevi per lui".

La regina immobile non ha risposte da darmi; così mi volto, lasciando lei e il suo sorriso da Gioconda. Il tratto di muro oltre l'ultimo ritratto del re e della regina è spoglio. Non c'è nessuna immagine di Bestian.

La mia gonna fruscia mentre percorro il lungo corridoio. Le porte in fondo si aprono e io le attraverso per ritrovarmi in cima alla scala che si affaccia sulla sala da ballo, quella in cui sono entrata la prima volta che sono venuta qui.

Le statue rotte sono scomparse. La stanza è illuminata da sfere luminose che circondano ogni colonna. In alto, il soffitto magico brilla e spumeggia con colori cangianti che si abbinano al mio vestito.

Un movimento attira la mia attenzione, e guardo in basso. Bestian mi aspetta in fondo alle scale. Con il cuore che mi batte forte, gli sorrido. Siamo nella stanza in cui ci siamo incontrati la prima volta, ma ci siamo scambiati di posto. Mi aspetto che sorrida, che si renda conto dell'ironia della situazione, ma lui si limita a guardarmi, con aria stupita. Sta fissando la sommità della mia testa.

Indosso una corona.

Il peso del silenzio tra noi è troppo pesante. Non riesco a parlare. Lentamente, l'enorme alfa sale le scale, fermandosi qualche gradino sotto la cima, quando giunge all'altezza dei miei occhi.

"Bestian", riesco a dire.

"Rose".

Sta ancora guardando me, ma non più la corona. I suoi splendidi occhi sono fissi su di me. Volevo che mi riconoscesse come una sua pari, e così è stato. Ma non avevo previsto cos'altro avrei trasmesso indossando la corona.

Alla fine sale gli ultimi gradini. Ora incombe su di me, mi offre il braccio e io lo prendo. L'incantesimo provocato dal suo sguardo intenso si spezza.

Ma, quando mi accompagna su un balcone dove c'è un tavolo per due, sento di aver superato un limite. Ho guadato il Rubicone e adesso non posso più tornare indietro.

17

ROSE

"SEI BELLISSIMA", mi dice il re, prendendo posto dopo aver scostato la mia sedia per farmi accomodare a tavola.

"Anche tu". Wow, stasera sto vincendo nella conversazione! Ma Bestian ha davvero un aspetto incredibile. Indossa abiti eleganti che lo fanno sembrare regale e non nascondono l'ampiezza delle spalle e della schiena. La sua lucida camicia nera è aperta sul collo e lascia intravedere i potenti muscoli pettorali.

Lo sto fissando senza parlare da troppo tempo. Mi lecco le labbra per assicurarmi di non sbavare.

"Hai cambiato la maschera", dico. A prima vista, il tessuto sembra nero come la sua camicia, ma ogni tanto luccica come la stoffa del mio vestito.

"Ho chiesto ai miei servitori cosa avresti indossato. Si sono rifiutati di dirmelo". Si acciglia, ma lo conosco abbastanza bene da capire che sta scherzando. "Sembra che un *sussurro* dispettoso rovini l'intero gruppo".

Il vento intorno a noi comincia a soffiare. Piatti coperti fluttuano verso il tavolo. "Avevo detto a tutti di mantenere il segreto", ammetto. "Volevo farti una sorpresa".

"Ci sei riuscita". Il suo sguardo si posa sulla mia corona.

Resisto all'impulso di allungare la mano per assicurarmi che sia al suo posto.

La testa di Bestian è nuda, ma i suoi folti capelli blu sono legati in una coda di cavallo, che mette in risalto i suoi zigomi perfetti e la mascella forte e squadrata. Mi piace rude e arruffato, ma pare proprio che sia altrettanto sexy quando è vestito bene. "Tu hai una corona?" Lo chiedo senza pensarci.

Il suo sguardo cade sul cibo che i *sussurri* stanno servendo. Sembra una specie di stufato, solo che è viola. "Naturalmente. Diverse. Sono qui intorno da qualche parte".

Certo che ha delle corone. Non ha bisogno di indossarle a casa sua, soprattutto quando non c'è nessun altro. E quand'è stata l'ultima volta che ha lasciato la proprietà?

Un calice che sembra scolpito nell'ossidiana fluttua verso la mia mano. Lo prendo e annuso il liquido ambrato. "È un vino di lusso".

"Questa è la tua vita, adesso". Sembra molto compiaciuto, ma stranamente la cosa non mi fa più arrabbiare come prima. Forse mi sto abituando all'idea. "Cenerai con me ogni sera".

Poso il calice con un tintinnio. "Vuoi dire: *Vuoi cenare con me stasera, Rose?*" Alzo gli occhi. "Non hai mai imparato a corteggiare qualcuno?"

"Non ho mai dovuto farlo. Ero un principe".

"E affascinante". Sul tavolo spicca il centrotavola di fiori di luna luminosi realizzato dai *sussurri*. La luce soffusa accarezza la mascella ben definita di Bestian. La maschera fa sembrare i suoi occhi smeraldo più scuri. Quasi neri.

"Una volta". La voce di Bestian è tesa. Ah sì, è permaloso riguardo al suo aspetto.

"Dovresti guardarti in uno specchio, qualche volta. Sei ancora sexy. Scommetto che eri un playboy".

"Un playboy?"

"Un uomo che ha avuto molte compagne di letto e nessuna intenzione di impegnarsi con una sola". Mentre parlo sento una piccola fitta al petto, come un'eco di una ferita passata. Scelgo di ignorarla.

"Una descrizione azzeccata del mio passato. Ma non ho voglia di parlare del passato. Dimmi, Rose, cosa intendi per *sexy*".

"Bello. Affascinante. Attraente". Mi fermo quando colgo la sua espressione divertita.

"Continua", dice lui. "Cosa ti attrae di me?"

"Il tuo viso, per quello che riesco a vedere. I tuoi occhi. Il tuo corpo". La mia pelle formicola mentre lo guardo da capo a piedi. Quando continuo, la mia voce è più roca. "Sei molto... grande".

"Ti piace che sia così grande?"

Mi sto agitando e bevo un sorso del mio drink per nasconderlo. "Sai che mi piace. Non mi è mai capitato di venire solo con la penetrazione". Perché ho scelto di introdurre questo argomento nella conversazione? Mi bruciano le guance, e mi scolo metà del contenuto del mio calice.

Bestian prende il suo bicchiere e brinda alla mia salute, sorridendo. Credo di non potergli negare un sorriso. È un dio a letto.

I *sussurri* portano in tavola altri piatti di cibo dal profumo delizioso e io comincio subito a riempirmi la pancia. Per un po' non si ode altro che il tintinnio delle posate e dei calici. È piacevole mangiare così, di fronte a Bestian. Familiare.

"È bello. Siamo stati quasi civili", gli dico.

"È così difficile credere che potremmo trovare un accordo?"

"Ero decisa a combattere con te", ammetto.

"Perché?"

È una bella domanda. Può scoparmi il cervello come e quando vuole, ma ogni volta che Bestian parla di *anime gemelle* o di *per sempre*, qualcosa mi fa venire voglia di scappare. Qualcosa di intangibile, qualcosa che non riesco a descrivere. "Mi piacciono le sfide", dico alla fine, perché è vero.

"Sei un'avversaria formidabile. Ma alla fine perderesti. Ora è questa la tua vita, Rose. Puoi combattere con me quanto vuoi – mi piace – ma alla fine ti arrenderai".

Batto un'unghia sul mio calice. Ha ragione. Finora mi sono sempre arresa. Il mio corpo mi tradisce.

"Sai che il tuo posto è qui. Tu sembri una regina".

"Secondo te, lo sono". Alzo il mento. "Non è forse questa la verità?"

Brinda di nuovo. "Ti darò tutto quello che vuoi, Rose".

"Tranne la mia libertà. Una vita fuori dalle mura del castello".

"A parte questo", ammette.

Lo vedremo. "Quali sarebbero i miei compiti come regina?"

"Vivrai qui e, se Ulf vorrà, darai alla luce i miei eredi. La proprietà sarà tua e potrai esplorarla. Ma non potrai andare oltre. Non è sicuro per le omega".

"Non l'hai reso tu sicuro per le omega", lo correggo.

Bestian sembra pensieroso. "È vero. Da tempo sospetto che ci siano delle omega nel mio regno, ma, se anche ci sono, si nascondono".

Come Ma, penso.

"Dimmi cosa vuoi, Rose".

Ci siamo: è il momento della contrattazione. Speravo che saremmo arrivati a questo punto. "Accetterò il mio ruolo di regina in cambio di una cosa". Prendo un respiro profondo. "Darai a Ma l'immunità per qualsiasi cosa abbia mai fatto, o farà. Non la punirai mai. Sarà graziata ufficialmente, se necessario".

"Sarà fatto". Bestian si china in avanti e appoggia i gomiti sul tavolo. "In cambio, rimarrai al mio fianco. Sarai la mia regina". Cambia posizione, facendo scorrere lo sguardo giù lungo il mio corpo mentre la sua voce si fa più profonda. "E darai alla luce i miei eredi".

Ho una scarica di calore liquido tra le gambe. Santo cielo, il suo solo sguardo ha questo effetto su di me? Deglutisco. In che cosa mi sono cacciata?

"Dimmi cosa stai pensando", chiede Bestian.

"Sto elaborando. È vero, siamo compatibili, almeno fisicamente". Mi schiarisco la gola. "Ma ti conosco appena".

"È un problema facilmente risolvibile. Chiedetemi qualsiasi cosa e io ti risponderò".

Mi irrigidisco. "Che cosa è successo al tuo viso? Perché porti la maschera?"

"La indosso perché tu possa guardarmi senza disgusto, mio piccolo fiore di luna".

Non lo farei mai, vorrei dire. Ma mi trattengo.

"Quando governavano i miei genitori, il regno era prospero e non toccato dalla Morte Rossa. Io ero un giovane principe che aveva tutto ciò per cui vale la pena vivere. Poi si abbatté la maledizione. Una misteriosa e terribile malattia colpì Medela, lasciando dietro di sé perdite e distruzione. Pochi furono risparmiati".

Aspetto, in silenzio, che continui.

"Tutti insieme tentammo di trovare una cura, chiedendo aiuto a tutta Ulfaria. Molti re e loro rappresentanti inviarono potenziali rimedi. Il Re Demone ci mandò una bottiglia di pastiglie. I consiglieri del nostro regno vicino, Arboron, trovarono un'antica pergamena che elencava le cure per vari disturbi e me la fecero recapitare". Fa una pausa e prende fiato. "Anche il Re di Pietra inviò una pozione. Mio padre mi aveva avvertito, dicendomi di non fidarmi di lui, ma io ero uno sciocco. Avevo così tanto orgoglio. Ero in cerca di una cura per la maledizione e niente mi avrebbe fermato. Volevo essere un maledetto eroe".

Le mie dita si stringono intorno allo stelo del calice. Costringo la mano a rilassarsi. "Che cosa è successo dopo?" gli chiedo gentilmente, quando Bestian sembra non voler continuare.

Si lascia sfuggire un sospiro. "Aprii la pozione del Re di Pietra senza misure di protezione. Rilasciò un gas velenoso che si trasformò in acido, penetrando nei miei pori. Questo è stato il risultato". Indica la maschera che nasconde gran parte del suo volto. Se ne osservo attentamente la pelle scoperta, posso notare alcune cicatrici là dove l'acido l'ha corrosa.

"Perché il Re di Pietra avrebbe dovuto farlo?" chiedo. "Solo per pura cattiveria?"

"Era alla disperata ricerca di un'omega tutta sua e, guarda caso, bramava soprattutto mia madre". La voce di Bestian è densa di rabbia. "Voleva uccidere mio padre per potergli sottrarre mia madre, ma voleva anche che mio padre soffrisse. Tuttavia, commise un errore: innanzitutto, aprii io la bottiglia, non mio padre; inoltre il gas velenoso era ad azione lenta. Invece di uccidermi all'istante, mi corrose gradualmente la pelle e si diffuse nel corpo. I movimenti diventarono sempre più difficili, mentre mi trasformavo lentamente in una statua vivente. Il dolore era indescrivibile. Non c'era dubbio che stessi morendo. Presto il veleno avrebbe raggiunto il cuore, facendolo fermare".

Gli occhi mi si riempiono di lacrime, ma le trattengo. Voglio che continui a parlare.

"Mi salvarono i *sussurri*. Ero da solo nel mio laboratorio, ma loro mi circondarono, mi somministrarono una tintura e mi mandarono in coma".

La voce di Bestian si interrompe. Fissa lo sguardo in lontananza, perso nei ricordi.

"Ma sei sopravvissuto" dico, con la voce rotta dall'emozione. "Sei ancora qui".

"Non sapevo cosa fosse successo finché mio padre non mi svegliò. Aveva aspettato qualche giorno, finché non mi fossi stabilizzato, ma quando aprii gli occhi e lo vidi... ero così dolorante, così furioso con me stesso per essere stata così sciocco, che sfogai la mia rabbia su di lui. Mi arrabbiai con lui, gli ruggii in faccia, intimandogli di andarsene. Non mi comportai come un principe. Fui una bestia". C'è tanta vergogna nella sua voce. Si ferma e prende un respiro affannoso. "Solo più tardi seppi perché mi aveva svegliato: era venuto a dirmi addio".

"Anche lui era malato?" Il mio cuore soffre per il re tormentato che siede di fronte a me.

Bestian fa solo un cenno. Sta ancora fissando in lontananza, con gli occhi vitrei.

"Non lo sapevi", gli ricordo.

"Però avrei dovuto. La Morte Rossa si stava diffondendo, uccidendo tutti nella sua scia. Non faceva distinzione tra alfa o beta, ricchi o poveri. Io riuscii a sopravvivere, ma non a salvare i miei genitori. A trovare una cura. Avevo deluso tutti".

"Pensavo che avessi trovato la cura. Che cos'era la pozione che hai mandato a Ma e a tutti gli altri?"

Bestian tira un sospiro. "È una medicina efficace, una delle cure elencate nella pergamena che Arboron ci ha inviato. È quello che ha impedito al veleno di raggiungere il mio cuore. Però non è una cura. Non esiste una cura, ma solo un contro-incantesimo. Che è ciò che mio padre usò per fermare la Morte Rossa".

"Non capisco".

"Come ti ho già detto, nel nostro sangue c'è la magia.

Una simbiosi tra i re alfa e la terra. Un legame, se vuoi. Mio padre aveva capito come usarla per invertire la maledizione". Bestian fa una pausa, ed è così silenzioso che riesco a sentire le onde dell'oceano infrangersi in lontananza. "Anche se non ero più in grave pericolo, soffrivo così tanto che pregai i *sussurri* di anestetizzarmi ancora una volta. Quando mi ripresi, mio padre era morto... e anche mia madre. Così come molti altri nel nostro regno. Ma la maledizione era stata spezzata".

Il vento mi avvolge. Solo quando Bestian si alza e viene al mio fianco per offrirmi un fazzoletto, mi accorgo che le lacrime mi stanno scorrendo sulle guance.

"Non essere triste, bella Rose". Si inginocchia in modo da essere all'altezza dei miei occhi e mi tampona il viso con il panno.

Lo prendo e finisco io di asciugarmi il volto. "Cos'è successo al Re di Pietra?" Faccio un piccolo sorriso. "Dimmi che ha avuto il giusto castigo, come nei film".

"È morto", ammette Bestian. "Anche se non per mano mia".

"Mi dispiace tanto che tu sia stato ferito. E che abbia perso la tua famiglia".

"Tutte le cose muoiono".

"Non dire così. Non devi fingere di avere un cuore di pietra. Non con me".

"Il mio cuore è morto con i miei genitori. Ha ricominciato a battere solo quando hai spezzato l'incantesimo intorno al mio castello e mi hai svegliato dal sonno. Tu sei il mio cuore, Rose. Per questo ho bisogno di te al mio fianco".

Ti prego, non lasciarmi. Lo sento chiaramente, anche se non lo dice ad alta voce. Mi gira la testa.

Lo guardo negli occhi. Sono più neri che verdi.

"Vieni", dice, alzandosi e offrendomi il braccio. Io lo accetto e lui mi accompagna fino al bordo del balcone.

Invece di condurmi alle scale, si ferma con me alla ringhiera, guardando il giardino.

"Dove stiamo andando?"

"Ti fidi di me?"

Butto fuori un respiro. "Sì", dico, perché mi fido. Mi fido di lui più di quanto mi sia mai fidata di un uomo. Anche se per la maggior parte del tempo è un alfaccio prepotente e borioso.

Si mette di fronte a me e mi prende la mano, e io lascio che la ricopra con il suo enorme palmo. Noto un luccichio negli occhi del re.

Mi basta un secondo per capire che non siamo più sul balcone, ma su una piattaforma invisibile, che si erge sopra il giardino.

"Volevo che questa notte fosse perfetta. Volevo mostrarti qualcosa di bello, però non c'è niente di più bello di te. La tua pelle è come il cielo di mezzanotte, i tuoi occhi sono come stelle", mi dice.

Agita una mano e l'aria davanti a noi si increspa, diventando opaca e riflettendo l'immagine di un gigantesco alfa con accanto un'esile donna somalo-americana. Lei indossa una corona.

"Questo è ciò che sei", continua Bestian. "Questo è ciò che sei nata per essere. L'universo ti ha condotta da me. Eri l'unica che poteva oltrepassare le mie barriere e riportarmi in vita".

Avvicina la mia mano alla bocca e ne bacia le nocche. La parte della sua mascella coperta dalla maschera è fredda al tatto, ma le sue labbra sono calde, e il mio ventre si riscalda.

"Balla con me", sussurra.

Sbatto le palpebre perché stiamo sorvolando il giardino. Gruppi di fiori di luna brillano in varie tonalità di rosa, rosso e nero.

Una folata di vento mi avvolge la gonna, sollevando lo

strascico. Mi avvicino a Bestian e lui mi attira a sé. Siamo occhi negli occhi, ma come è possibile? I miei piedi avrebbero dovuto sollevarsi dal suolo. Abbasso lo sguardo e mi accorgo che, a rialzarmi, sono degli invisibili cuscini di vento. Sono faccia a faccia con il re, come una sua pari, con il vento che mi sostiene.

Gli faccio scivolare le braccia intorno alle spalle.

Ho lottato tanto per non innamorarmi di Bestian, convincendomi che fosse solo una questione biologica. Che i miei sentimenti non fossero reali. Che non fosse sicuro aprirmi completamente con lui, lasciarlo entrare nella mia vita.

Ma, per il momento, mi lascerò intenerire. Mi permetterò di credere nella magia. Perché è intorno a me, e ignorarla non la farà sparire.

Sto fluttuando sopra un castello magico, ballando con un re alieno sotto cinque lune, con un vento invisibile che mi sostiene. Niente di tutto questo è possibile; eppure sta accadendo davvero.

Così chiudo gli occhi e appoggio la guancia sulla spalla di Bestian. Lascio che mi faccia dondolare su una magica pista da ballo, sospesa su un campo di fiori di luna luminosi.

Mi arrendo a tutto questo. A lui.

18

BESTIAN

Questa serata è tutto ciò che ho sempre desiderato, e anche di più. Rose fluttua tra le mie braccia, il viso è beato e rilassato. La corona scintilla tra i suoi riccioli. È venuta da me, l'omega che sognavo da così tanto tempo. Ha affrontato molti pericoli per arrivare al mio castello e ha spezzato l'incantesimo. E ora sembra proprio una regina.

La *mia* regina.

Procediamo a grandi passi sulla piattaforma invisibile che ho creato per noi. Quando lei si accoccola contro il mio petto, mi accorgo di aver iniziato a fare le fusa: un rombo costante e rilassante.

"Rose", mormoro. Lei solleva lo sguardo verso di me, con gli occhi annebbiati dal bisogno.

"Bestian", geme, e mi stringe le braccia intorno al collo, premendo contro di me. Mi accarezza la mascella. Allontano la testa prima che cerchi di strofinarsi contro la mia maschera.

Ordino al vento di portarci immediatamente nella stanza della nidificazione. Rose non sembra più consapevole di ciò che la circonda. Il suo estro la sta consumando, nonostante il mio tentativo di calmarla con le fusa.

Quando raggiungiamo il letto, lei si inarca contro di me e muove i fianchi. Il dolce muschio dei suoi umori sale fino a deliziare i miei sensi. Gemo, con il mio membro che pulsa.

Sta armeggiando con l'abito, tirando su la gonna voluminosa intorno alla vita. Non indossa biancheria intima e io allungo una mano verso il suo nucleo caldo e umido, per poi premere forte. Sotto il mio palmo, il suo clitoride è come un gioiello rigido.

"Bestian!" Umori caldi schizzano ritmicamente nella mia mano. Sta già venendo.

E sta chiamando il mio nome.

La sua testa è rovesciata all'indietro, gli occhi chiusi. Persa negli spasmi del piacere. Il suo collo nudo è a pochi centimetri. Così liscio. Così allettante.

I miei canini si allungano, la bocca si inonda di saliva. Sarebbe così facile affondarle i miei denti pulsanti nella morbida carne. Farla mia. Rivendicarla completamente.

Le mie fusa diventano un ringhio. Rose rabbrividisce e zampilla ancora un po'. "Ti prego", mugola. "Ne ho bisogno. Ho bisogno di..." Allunga una mano verso di me, e io le afferro i polsi, costringendola a girarsi a faccia in giù sul letto, spingendole la gonna più in alto sulla vita.

"Birichina". La sculaccio, con forza. Lei geme e alza il sedere più in alto, per averne ancora. "Cerchi di comandare il tuo re". Dopo un altro paio di sculacciate, infilo le dita tra le sue pieghe scivolose, facendola rabbrividire. "È questo che vuoi?" Trovo il punto che la fa contorcere e disegno dei cerchi con le dita sulla sua carne gonfia e lucida.

"Ti voglio. Ti prego, Bestian..."

Il suo nome sulle mie labbra è come una droga.

Allarga le ginocchia e preme le spalle sul letto per offrirmi la sua figa. Nella luce soffusa della camera da letto, la corona brilla tra i suoi riccioli. Mentre mi spoglio, ordino a un *sussurro* di toglierle per evitare che rimbalzi e la ferisca mentre la scopo. Una volta che l'ornamento è al sicuro sul comodino, afferro le cosce della mia regina e le allargo ulteriormente, il più possibile. Il mio uccello fa breccia nelle sue pieghe, penetrandola lentamente. Le lenzuola attutiscono i suoi gemiti.

Ulf, è stupendo sentirla intorno a me! I miei canini stanno pulsando.

Pensavo che, in questa posizione, sarebbe stato più facile resistere alla tentazione di darle il morso della rivendicazione. Ma, non appena sono dentro di lei fino al nodo, lei si inarca, premendo contro le mie spinte. La sua testa si inclina all'indietro. Sarebbe così facile infilarle una mano tra i ricci, tirarle indietro la testa e affondare i denti nella tenera giunzione tra spalla e collo.

Stringo i denti e mi concentro sul modo in cui la sua figa si tende intorno a me. Rose inclina la testa di lato, offrendo una bellissima distesa di pelle nuda. L'impulso di morderla è irrefrenabile, ma qualcosa mi trattiene. Il mio corpo e la mia mente sono in guerra.

Con un ruggito di rabbia frustrata, la spingo di nuovo giù e copro il suo corpo con il mio. Il nodo si espande completamente, e Rose grida mentre il suo stretto calore si increspa intorno al mio membro. Il suo climax scatena il mio. Mentre fremo e palpito, riempiendola di infiniti fili di sperma, distolgo il viso dalla tentazione profumata della sua carne e affondo i denti doloranti in un cuscino.

La corona della Regina brilla nell'oscurità, accanto al nostro letto. Rose dorme vicino a me, con il viso poggiato sul mio petto. Sollevo la testa per scrutare gli angoli silenziosi della nostra camera da letto. I *sussurri* hanno rimosso il cuscino rovinato che avevo morso.

Le spalle mi dolgono per la tensione, così mi giro sulla schiena. Le belle labbra arcuate di Rose si piegano in un broncio. Allunga una mano verso di me, con la fronte che si corruga nel sonno. Solo quando la attiro di nuovo tra le mie braccia si calma, con un sospiro.

La tengo stretta, ammirandola nel dolce chiarore dell'alba che si avvicina. Forse il mio erede sta mettendo radici nel suo ventre già adesso. La regina di Khan ha avuto una bambina perfetta; quindi sappiamo che gli accoppiamenti ulfarri/umani possono avere successo. Non ho mai sognato di avere un figlio prima che Rose apparisse sulla soglia di casa mia, e ora l'idea mi riempie il cuore di gioia.

Ieri sera è venuta da me con la corona di regina. Ha accettato di prendere il suo posto accanto a me. Si preoccupa ancora per la sua Ma, ma è disposta a lasciarsi alle spalle la sua casa ulfarri e a rimanere qui, con me.

L'impulso di darle il morso della rivendicazione – solo un debole desiderio durante la prima notte che abbiamo trascorso insieme – è diventato un bisogno pressante e disperato. Ma ogni volta che sto per cedere e farlo davvero – legarla completamente a me – qualcosa mi ferma.

Rose è la mia regina. La mia compagna. Potrei reclamarla in qualsiasi momento, ma soprattutto mentre stiamo scopando, e lei non potrebbe fare nulla per fermarmi. Allora perché non l'ho ancora marchiata? Perché ieri sera non l'ho reclamata?

Sposto di nuovo lo sguardo su di lei, assaporando la sua bellezza, con i pensieri che turbinano. Come può una persona così bella amare una bestia? Forse per pietà?

Non è sufficiente che io abbia rifiutato di lasciarla andare via e l'abbia convinta a diventare la mia regina, incatenandola a una persona mostruosa come me? Devo anche reclamarla con il morso, legando il suo corpo e la sua anima a me, per sempre? Il legame è così forte che non potrà mai lasciarmi. Una benedizione, ma anche una maledizione. Dopotutto, il legame delle anime dei miei genitori è stato il motivo per cui mia madre è morta...

Allontano quei pensieri cupi per concentrarmi sul volto di Rose. Non posso permettere che le succeda questo. Mi spezzerebbe il cuore. Ma il mio istinto profondo di reclamare la mia omega non farà che rafforzarsi finché non mi deciderò. Sarò sempre in grado di resistere?

Rose sussulta tra le mie braccia. Il suo improvviso e acuto lamento mi fa sobbalzare. "No! Non lasciarmi!" grida, e inizia a dimenarsi come se stesse correndo da qualche parte.

Sta avendo un altro incubo. In un attimo la stringo ancora più forse. Le accarezzo la fronte umida mentre le fusa risuonano tra noi due. "Zitta, mio piccolo fiore di luna, va tutto bene. Sei al sicuro. Sei con me".

Di solito, quando, in queste situazioni, parlo per confortarla, Rose continua a dormire, ma il suo viso si rilassa e lei si calma. Questa volta è diverso. Quasi mi prende un colpo quando i suoi occhi si aprono di scatto e mi fissa con uno sguardo di pura agonia che mi fa rizzare i peli.

"Rose?" Sussurro.

"Lui... lui... mi ha lasciata", riesce a dire, continuando a guardarmi, ma in qualche modo non vedendomi davvero.

Poi, seppellendo il viso nel mio petto, scoppia a piangere.

ROSE

Mollata all'altare. Sposa abbandonata. Sposo in fuga: frasi tratte da descrizioni di film per ragazze, drammi storici, romanzi d'amore e, a quanto pare, dalla mia vita.

È successo a me.

Bestian fa le fusa, ma io sono così sconvolta che, in questo momento, nemmeno il suo solito, rassicurante brontolio riesce a tranquillizzarmi.

Nel mio sogno ho ripercorso ogni straziante secondo di quel giorno in un vivido e terrificante technicolor: il risveglio pieno di eccitazione e nervosismo, i preparativi, il fotografo, le risate con la mia sorridente damigella d'onore (un'amica modella). La mia famiglia, con cui non avevo più rapporti, non era stata invitata; così quando arrivai in chiesa fu il mio agente, tutto orgoglioso, ad accompagnarmi all'altare, dallo sposo.

Il mio fidanzato.

Russell era lì in piedi nel suo abito, quasi troppo bello. Troppo elegante. Troppo perfetto. Ma, quando mi avvicinai abbastanza per vedere davvero i suoi occhi, erano... vuoti. Privi dell'orgoglio e dell'amore che avevo sperato di vedere. A causa del nervosismo, presi posto accanto a lui, davanti a tutti i nostri amici e conoscenti, con il bouquet che tremava mentre lo porgevo alla mia damigella d'onore.

L'officiante aveva appena iniziato a parlare quando Russell sbottò: "È un errore. Devo andarmene. Non posso sposarti, Rose". Mentre il mio mondo si inclinava sul suo asse e il mio cuore si frantumava in un milione di pezzi, lui si girò, percorse rapidamente la navata e se ne andò.

Mi sfrego la fronte. È successo davvero? A me? Se sì, come ho potuto dimenticarlo? Ora, nella fredda luce dell'alba, con Bestian che mi stringe forte, l'umiliazione mi investe a ondate, cocente e umiliante. Il fatto che Russell abbia aspettato che fossi in chiesa con lui per rifiutarmi di fronte a quasi tutti quelli che conoscevo... In qualche modo quel tradimento è stato persino peggiore della perdita del suo amore.

"Parlami", dice Bestian, con la punta delle dita che cattura una lacrima sul punto di cadere. "Un brutto sogno?"

"Sì. Ma non credo che fosse solo un sogno. Credo che fosse un ricordo reale".

"Che cosa è successo?"

Una parte di me vorrebbe confidarsi con lui. Parlarne, però, significherebbe rivivere quel momento. Ancora. E io voglio dimenticarlo di nuovo il prima possibile. Per non parlare del fatto che, a giudicare dal modo in cui reagisce ogni volta che faccio riferimento alle mie relazioni passate, Bestian potrebbe ingelosirsi e io dovrei farlo sbollire. E, in questo momento, non ho la capacità emotiva per affrontare una discussione del genere. Voglio solo ricacciare l'intera faccenda nel mio subconscio.

"Rose?"

Sembra così preoccupato che mi sento in colpa per la mia decisione di tenerlo all'oscuro di questa faccenda. Ma l'alternativa è peggiore.

"Per favore", sussurro, "non voglio parlarne".

"Hai detto che ti fidavi di me". Posso dire che sta cercando di rimanere calmo, ma sembra ferito.

"Lo so. E lo faccio. È solo che... è troppo doloroso in questo momento. Puoi capirlo, vero?"

"Chi ti ha lasciato?"

Le sue parole mi fanno sussultare tra le sue braccia. "Cosa?"

"Stavi piangendo. Hai detto che ti ha lasciato. Chi ti ha lasciato, Rose?"

Cazzo! Devo aver parlato nel sonno. "Deve essere stato un altro sogno o qualcosa del genere", mento. "Non ricordo che qualcuno mi abbia lasciato". Bestian è così possessivo che il pensiero di me che mi struggo per un altro ragazzo lo farebbe impazzire, anche se quei sentimenti fossero finiti da tempo.

Segue una pausa. Trattengo il respiro, pregando che non mi faccia altre domande. Poi: "Se lo dici tu..."

È chiaro che non è convinto, ma con mio grande sollievo lascia cadere l'argomento, almeno per il momento.

"Grazie", dico ad alta voce, accoccolandomi più vicino a lui. "Per le tue attenzioni. Per le fusa. È molto dolce da parte tua".

"Eri in difficoltà", dice semplicemente. "Come ho già detto, non posso tollerare il tuo dolore".

"Il dolore fa parte della vita", mormoro, ma mentre lo dico mi viene in mente che declamo queste frasi da chissà quanto tempo, frasi semplici e brevi che riempiono i libri di auto-aiuto e i materiali di motivazione, ma non ho mai riflettuto davvero su certe questioni.

"Sì, mio piccolo fiore di luna, ma anche la felicità. E voglio che tu abbia molta più felicità che dolore".

"Provo la stessa cosa per te. È per questo che continuo ad assillarti, sai? Ti dico di farti avanti e di iniziare a governare il tuo regno nel modo in cui sei destinato a farlo". Le parole mi escono fuori di getto: una gradita distrazione dall'incubo. "Non lo dico per farti sentire in colpa o farti vergognare".

"Lo so", mi rassicura. "La mia felicità è aumentata di mille volte da quando sei entrata in questo castello. E voglio passare ogni momento con te. Avrei molto meno tempo, se fossi un sovrano attivo".

"Forse, ma avresti molta più fiducia in te stesso. E sono sicura che potresti farcela. Gli altri re con compagne fanno funzionare la cosa, in qualche modo, no?"

"Suppongo di sì". Rotolando sulla schiena, mi trascina con sé finché la mia testa non va a poggiarsi proprio sul suo enorme petto nudo. Le sue dita giocano con i miei capelli, e lui sbadiglia. "Starai calma, se smetto di fare le fusa? Improvvisamente sono molto, molto stanco".

"Certo", rispondo. "Se vuoi tornare a dormire, non hai bisogno del mio permesso".

"No, piccolina, ma voglio assicurarmi che tu non sia

ancora in difficoltà. Potrei rimanere sveglio per te. Resterei sveglio per te".

"Non ne dubito. Ma, onestamente, sto bene. Dormi ancora un po'. Io sono qui. È probabile che anch'io mi appisoli di nuovo".

La sua unica risposta è un leggero mezzo russare. Mi costringo a rilassarmi e a chiudere gli occhi, ma dentro di me sono ben sveglia.

Così, sono stata abbandonata all'altare. L'uomo che amavo al punto da volerlo sposare e passare il resto della mia vita con lui ha deciso che sarebbe stato meglio senza di me. Mi chiedo quali fossero le sue ragioni.

Se c'era un motivo. Un'altra donna? Segretamente gay? O ha semplicemente deciso che non era pronto? Se mai me l'ha detto, non me lo ricordo.

Dio, la faccia del mio agente! La cosa peggiore era che la maggior parte dei miei cosiddetti "amici" erano in realtà amici di Russell. Avevano preferito lui a me.

Perché, tra tutte le opzioni disponibili, il mio stupido e meschino cervello ha scelto di restituirmi questo ricordo? Con tutti i momenti felici, i momenti divertenti, i momenti toccanti che devo aver vissuto nel corso degli anni – cose che senza dubbio sarei felicissima di rivivere – proprio questo è dovuto balzare in cima alla lista. È così fottutamente ingiusto.

Quando ero più giovane, adoravo le storie d'amore e i vissero felici e contenti. Ho pensato che, crescendo, sarei diventata più pratica, come fanno molte persone.

Ho scoperto che non è vero. La mia costante resistenza interiore è dovuta alla paura, non al cinismo. E davvero c'è da stupirsi, dopo quello che ha fatto Russell?

A un livello vago, sapevo già che i ragazzi mi avevano ferito in passato. Gli appuntamenti sono un gioco duro e non si può uscirne sempre vincenti. Ma essere rifiutati all'altare è un qualcosa di estremamente più angosciante. Abbastanza da dissuadere chiunque dall'innamorarsi e rischiare di nuovo.

Alzo lo sguardo verso la mascella forte di Bestian e respiro il suo profumo. Stiamo così bene insieme; eppure non sono l'unica a trattenere qualcosa. Il mio corpo è indolenzito dal sesso. Tra il nodo e i miei continui orgasmi, sono esausta. Ma, invece di essere soddisfatta, sto male. C'è un groviglio di angoscia nel mio cuore che non ha nulla a che vedere con l'incubo che ho appena avuto.

Strofino la guancia contro il suo petto, desiderando di poter accedere al suo mondo interiore. Non so di cosa abbia bisogno, ma so che è qualcosa che solo lui può darmi.

Ascolta te stessa, sussurra la cinica che è in me. *Di cosa potresti aver bisogno che solo lui potrebbe darti? Cosa potresti volere di più? Hai accettato di essere la sua regina; lui ti offre il miglior sesso della tua vita e ti è totalmente devoto.*

Tutti punti validi, credo. Chiudo gli occhi. I miei pensieri sono un'accozzaglia vorticosa. La notte scorsa è stata davvero magica, sotto molti aspetti: il cielo notturno, i fiori di luna, il mio vestito, l'espressione del viso di Bestian quando mi ha salutata sulla scalinata. Come potrei non credere alle favole?

Sono proprio nel bel mezzo di una di queste.

19

BESTIAN

LA SFERA davanti a me lampeggia intensamente, segnalando una comunicazione in arrivo. La ignoro il più a lungo possibile, poi alla fine agito una mano per permettere all'interlocutore di parlarmi.

È Frex, uno dei membri anziani del consiglio. L'ho promosso perché, pur essendo un chiacchierone, è più efficiente del resto del consiglio di mio padre messo insieme.

Comunque non desidero parlare con lui.

"Che c'è?" ringhio.

"Vostra Maestà". Frex mi guarda dalla sfera, anche se la sua non dovrebbe mostrare nulla del mio volto. Non permetto ai miei consiglieri di vedermi. "Ho delle notizie: re Aurus si congratula per la vostra nuova regina. La vostra nuova regina omega".

Grugnisco.

"Ha mandato un regalo".

"Fammi indovinare: era grande... e d'oro".

"E, per qualche motivo, a forma di *tyrlee*".

"Cosa?"

"Il *tyrlee* è una bestia da soma a quattro zampe. Spesso viene usato come cavalcatura, soprattutto nel Regno della

Foresta, dove gli alfa la cavalcano per cacciare. Il latte di *tyrlee* è anche una buona fonte di..."

"So cos'è un *tyrlee*", sbotto. Ulf mi dia la pazienza! "Perché mai Aurus mi ha mandato una statua d'oro che ne raffigura uno?"

"Non siamo riusciti a decifrarne il motivo. Nella nota allegata re Aurus specificava che è stata un'idea della sua regina. Sappiamo che la statua è cava".

Maledetto Aurus e i suoi giochi mentali.

Il consigliere continua: "La Regina d'Oro ha anche inviato un suo dono: una sfera luminosa dalla forma particolare. Il suo biglietto diceva che si trattava di una *lampada di lava* e che lei sperava che la vostra regina avrebbe apprezzato il dono. Presumo che regalare *lampade di lava* sia un'importante usanza umana. Entrambi i doni dovrebbero arrivare alla vostra residenza domani".

"Molto bene". Rose sarà contenta di ricevere qualcosa dalla sua gente. Il che mi ricorda che devo organizzare un incontro tra lei e le altre omega umane. Forse questo scambio di regali sarà una buona premessa.

Frex si schiarisce la gola. "Quando volete annunciare l'incoronazione?"

"Mai. Non ci sarà nessuna incoronazione. Non ce n'è bisogno".

"Ma la regina..."

"Non sono mai stato incoronato. E sono comunque re, giusto?"

"Sì, Vostra Maestà. Ma il popolo è curioso. Sarebbe..."

"Ho già deciso", lo interrompo. "Ora, c'è qualcos'altro?"

"Sicuramente avete intenzione di venire almeno a Medea City. Quindi quando possiamo aspettarci di vedervi qui?"

"Mai". Nessuno dei miei sudditi vedrà più il mio volto. Mi conoscevano come principe. Come re, ho sempre governato da lontano e continuerò a farlo. Prima lo capiranno, meglio sarà.

"Molto bene". Frex sembra addolorato. "C'è un'ultima questione".

"Quale?" Mi alzo di scatto.

"La Morte Rossa. Molti si sono ripresi, ma ci segnalano che alcuni stanno avendo una ricaduta. Temiamo che la maledizione si stia diffondendo di nuovo".

No! Questo è il mio peggior incubo che diventa realtà. "Quadruplicate il numero dei maghi ricercatori. Deve esserci una cura. La troveremo".

"Subito, Vostra Maestà".

Chiudo la comunicazione, con la testa che mi gira. La Morte Rossa è tornata. E, se la gente sta avendo una ricaduta, è probabile che la mia medicina non sarà più in grado di aiutarla. Maledetto il Re di Pietra e la sua magia malvagia... che ci tormenta anche dopo la sua morte!

Una piccola sfera mostra una copia del ritratto dei miei genitori sulla mia scrivania. Anche qui, gli occhi di mio padre sono puntati su di me e mi ricordano le sue ultime parole:

Quando non ci sarò più, dovrai prendere il mio posto come re. Lavora ogni giorno per dimostrare di esserne all'altezza. Governa bene, figlio mio.

Mi chiedo cosa avrebbe fatto, se avesse saputo che la Morte Rossa sarebbe tornata. Avrebbe fatto le stesse scelte, sapendo che il suo sacrificio sarebbe stato vano?

Do un colpetto con le dita e la sfera si oscura. L'immagine dei miei genitori scompare.

Desidero vedere Rose, ma ho del lavoro da fare. Ho cercato di porre fine alla maledizione, ma finora ho fallito. Però non posso smettere di provarci. Il destino del regno è nelle mie mani, anche se non sono degno di governarlo.

ROSE

Sono nel mio studio, che ora è il mio posto preferito nel palazzo. Mi aiuta il fatto che qui tutto è un po' più della mia taglia. Mi sento meno Riccioli d'Oro.

Ultimamente Bestian è stato incredibilmente occupato, troppo impegnato per passare del tempo con me. All'inizio pensavo che mi stesse dando la possibilità di riprendermi dall'ultimo, estenuante ciclo di estro, ma ora sono giorni che non passiamo del tempo di qualità insieme. La sera vado a dormire da sola, la mattina mi sveglio con un avvallamento ancora caldo, delle dimensioni di Bestian, nel letto accanto a me. So che mi abbraccia mentre dormo, e questo mi tranquillizza un po'. Non mi ha abbandonata del tutto. Dovrei essergli grata per la tregua, ma mi ha lasciata con la smania addosso. Non avrei mai pensato che mi sarebbe mancata la sua presenza prepotente, ma è così. Quando l'ho incoraggiato a essere più re, non mi aspettavo che passasse da un estremo all'altro.

"Attenti a ciò che desiderate", come si suol dire.

Nel frattempo, mi sono ambientata. Ho imparato a orientarmi nel castello e ho fatto mio lo studio. I *sussurri* mi hanno aiutato a cambiare alcuni degli arredi. La lampada di lava che mi ha mandato una delle regine omega è in un angolo.

Che regalo strano e insulso! Bestian ha pensato che la lampada di lava fosse un gesto simbolico. Si è comportato come se io sapessi quale usanza umana stesse seguendo Kim. L'unica cosa che posso supporre è che questa lady Kim voglia sballarsi con me e ascoltare l'album "The Dark Side of the Moon" al contrario.

Il che andrebbe bene. Non ho una grande nostalgia della Terra, ma ho comunque voglia di frequentare un altro essere umano. Finora, Bestian è stato troppo occupato per organizzare l'incontro.

Avverto una corrente d'aria, ed ecco che un *sussurro* deposita una bancarella di dolci accanto a me. I *sussurri* si sono dilettati a preparare dolci in tutti i gusti diversi, per vedere quale mi piace di più. I tre piatti contengono torte di colore rosa acceso, nero vellutato e verde acido. Non so quale diavolo di frutta, bacche o noci dia quei colori, ma la torta rosa acceso è molto buona.

Ho letto la storia delle omega, ed è affascinante. Il mio trattato preferito è quello scritto da una guaritrice omega che lavorava in un convento. Quando il tasso di natalità delle omega crollò, il Consiglio dei Re decise di rinchiudere le omega in fortezze nascoste e difficili da raggiungere, e istituì una lotteria. Non appena raggiungevano la maturità sessuale, le omega venivano portate in fretta e furia nelle fortezze e tenute lì fino a quando non veniva loro assegnato un compagno, di solito un alfa di alto rango, un re o un capo guerriero in grado di allevare più figli.

Bestian mi ha detto che i conventi esistevano davvero. A un certo punto, durante il regno di suo padre, i guerrieri alfa li presero d'assalto a dispetto della lotteria. Ma li trovarono vuoti. Le omega e le loro guardie beta erano tutte scomparse.

È una storia affascinante, che mi dà anche modo di acquisire una conoscenza della tradizione erboristica. Ci sono interi capitoli sulle erbe e sui nutrienti migliori per le omega: per sostenere i loro cicli estrali, aumentare la fertilità, alleviare i disturbi della gravidanza e così via. A Ma piacerebbe molto. Non ho ancora chiesto di poterle parlare di nuovo, ma lo farò presto.

"Pronto?" Una voce invisibile mi fa sobbalzare. Qualcuno sta parlando in un angolo della stanza. Continua con un accento americano nasale: "Mi senti, ora?"

Salto su in piedi. I *sussurri* mi frullano intorno. "Che cos'è? Da dove viene?".

Si sente uno squillo come quello di una radio, e la voce dice: "Emma? Emma! Hai l'audio disattivato".

"No, non mi pare", risponde un'altra voce. Questa ha un tono più morbido e distinto. Sembra inglese. Dio, è così bello sentir parlare di nuovo la mia lingua madre, senza quello stupido chip traduttore che doppia tutto! Mi mordo il labbro.

"La tua immagine è spenta", risponde la voce con l'accento americano. È un suono tenue e metallico, e sembra che a parlare sia una donna. "Riesce a sentirmi? Sei di nuovo senza audio".

Le voci provengono dalla lampada di lava. Mi avvicino ad essa.

"Pronto?" dico. "C'è qualcuno?"

"Kim, sei sicura che funzionerà?" chiede la signorina Accento Britannico, Emma.

Inclino la testa verso la lampada. "Pronto? Mi sentite?"

"Shhh", dice Kim. "Credo di sentirla. Pronto? Umana?"

"Sono qui", dico. "Come fai a farlo?"

"Ho violato una sfera di comunicazione. Sono Kim", dice bruscamente l'americana. "Piacere di conoscerti".

"Sono Emma", aggiunge la donna inglese. "Piacere di conoscerti".

Segue una pausa. Aspettano che io risponda. "Ehm, grazie. Io sono Rose", dico alla lampada di lava, sentendomi ridicola. "Voi siete le altre umane?"

"Beccate!" dice Kim. "Siamo due delle umane portate qui e a cui è stato somministrato il siero speciale per trasformarle in omega. Ne sai qualcosa?"

"Sì".

"Fantastico! Io faccio coppia con il Re d'Oro ed Emma sta con il Re Viandante".

"Si chiama Khan", aggiunge Emma.

"E c'è un'altra umana che conosciamo, di nome Haley. È per lo più offline. A lei e al Re Cacciatore piace andare via e vivere a contatto con la natura selvaggia o qualcosa del genere. Senti, non posso parlare a lungo. Ma io ed Emma volevamo metterci in contatto con te e assicurarci che tu stessi bene".

"Ehm, grazie. Sono a posto", dico. "Speravo di potervi parlare".

"Tu fai coppia con il Re Bestia?" chiede Emma.

"Non so se *faccia coppia* con lui", dico. Questa è la chiacchierata tra ragazze più strana che abbia mai fatto. "Viviamo insieme".

"È così che inizia", afferma Kim. "Un giorno vivi nell'-harem con le concubine, insegnando loro l'orgasmo, e il giorno dopo sei reclamata da un'alfa gigante. Emma ne ha uno viola. Io ne ho uno d'oro lucido, come una statua degli Emmy a grandezza naturale, ma con un uccello vero".

"Kim, per favore", dice Emma, con un tono da prima-donna. "Troppe informazioni".

"Con chi altro posso parlare di queste cose? Voi siete le mie uniche amiche. Le mie uniche amiche *umane*. Frequento un gruppo di nerd Beta, ma solo voi ragazze riuscite davvero a capire le mie battute da terrestre".

"Aspetta", dico. "Sai come siamo arrivate qui?"

"Non proprio". Kim non sembra curarsene più di tanto. "Chiamano "maghi" i loro scienziati e ingegneri. In ogni caso, hanno capito che si è trattato di qualcosa che ha a che fare con portali e condotti spazio-temporali o qualcosa del genere. Qui siamo almeno in quattro: tu, io, Emma e Haley".

"Potrebbero essercene altre", aggiunge Emma. "I re le stanno cercando".

"Giusto. Non sappiamo se altre di noi sono stati portate qui. La questione è troppo complicata per essere analizzata ora, ma pare che il tutto si riduca a un programma di esperimenti spaziali andato male".

"Ok", dico. "Sembra una cosa uscita dalla serie 'Mystery Science Theater'".

"Lo vedi?" dice Kim, tutta contenta. "Adoro sentire riferimenti attuali alla Terra. In ogni caso, veniamo tutte dalla stessa epoca e più o meno dalla stessa zona. Io non ricordo bene la mia vita precedente, ma Emma ha una teoria secondo cui è arrivata attraverso un portale che si è aperto a Richmond, in Virginia".

"Richmond, Virginia... Mi suona vagamente familiare", dico. Per il mio lavoro viaggiavo molto.

"Ricordi molte cose della tua vecchia vita, Rose?" mi chiede Emma.

"Solo vaghi frammenti. Lavoravo molto, quando non studiavo. Non avevo una gran vita. Avevo molte piante d'appartamento".

"Ci può stare", dice Kim. "Io credo di aver semplicemente giocato ai videogiochi per tutto il tempo".

"Ti piace il Re Bestia?" chiede Emma. "Ti tratta bene?"

"Sì", rispondo. "Può essere uno stronzo prepotente, ma ci sta provando".

"È una buona cosa", aggiunge Emma.

"Tutti gli alfa sono degli stronzi prepotenti. Ce l'hanno nel DNA. Purtroppo, i nostri lati omega sembrano trovare eccitante la cosa". Kim sospira. "Ho praticamente implorato Aurus di reclamarmi".

"Io ho pregato Khan", mormora Emma.

"Reclamarvi?" chiedo con una certa esitazione. "Fa parte della... cosa del legame, giusto?"

"In un certo senso. Il legame è provocato dal morso di rivendicazione. Il tuo alfa ti morde letteralmente, rendendoti tua per sempre. È la loro versione del matrimonio, solo che non c'è il divorzio. Per quanto possa sembrare spaventoso, è una sensazione incredibile", dice Kim.

"Il tuo re ti ha già reclamata?" mi chiede Emma.

Faccio un respiro profondo. Provo una sensazione di tristezza che mi attanaglia il petto. "No. Non ancora".

"Sono sicura che lo farà presto", dice Emma.

"Sì, sono sicura che si sta solo assicurando che tu lo voglia", aggiunge Kim.

È così? Credo di sì. Tutte le volte che ho inclinato la testa di lato, mostrandogli il collo, il mio lato omega stava implorando il morso della rivendicazione. Solo che non sapevo cosa stessi chiedendo.

Ma Bestian lo sapeva. Doveva saperlo. È un nerd su queste cose; non può essere sprovveduto come me. Significa che non vuole rivendicarmi? Forse non prova quello che provo io.

Un vento freddo mi attraversa il cuore. Se Bestian non vuole reclamarmi... Non è il caso di pensarci. Il suo rifiuto sarebbe ancora peggiore di quello di Russell, che mi ha abbandonato sull'altare.

"E poi", dice Kim. "Vi siete appena conosciuti e ne avete passate tante...".

"Io e Khan ci eravamo appena conosciuti", dice Emma. "È una cosa istintiva..."

"Sì, ma quello è Khan. L'alfa di Rose è diverso. Sono tutti diversi, a modo loro. Ci è voluto un po' di tempo per far mettere la testa a posto ad Aurus, che continuava a rifilarmi le altre concubine...".

"Le sue cosa?" chiedo, non sicura di aver sentito bene.

"Aveva un sacco di concubine. Un harem. Credo che gli piacesse fingere che fossero omega. Continuava a sostenere che io ero una di loro. Gli ho fatto abbandonare l'idea abbastanza in fretta, ma ci è voluto comunque un po' prima che mi rivendicasse ufficialmente, marchiandomi come sua regina".

"Il tuo re non ha concubine, vero?" mi chiede Emma.

"Oh, diavolo, no!" Ma le cose potrebbero cambiare. C'erano molte femmine ulfarri desiderose di incontrarlo al Patto per la Regina.

"Non mi preoccuperei troppo, Rose", mi incoraggia Kim. "Forse, se vuoi, potresti reclamarlo tu. Dargli un bel morso sulla spalla. Dimostrargli che ti appartiene".

"Penso di sì", mormoro. Lei lo fa sembrare così facile.

"Sono sicura che è solo occupato", mi tranquillizza Emma. "Ho sentito che, in questo momento, il vostro regno è alle prese con la diffusione di una specie di piaga. Una maledizione".

Lo stomaco mi va giù fino alle dita dei piedi. "La Morte Rossa? Ma... pensavo che fosse stata debellata".

"Khan mi ha detto che i regni vicini a Medela hanno fermato tutti i commerci al confine, proprio per evitare che si diffonda. Ma forse mi sbaglio".

Tali parole rimbombano nelle mie orecchie. E se fosse vero? La Morte Rossa è forse tornata? Di nuovo? Rabbrividisco. "Devo andare".

"Certo", dice Emma. "È stato un piacere conoscerti, Rose".

"E ora abbiamo un modo per controllarci a vicenda", aggiunge Kim.

"Sì, grazie, anche per me è stato un piacere", dico, strofinandomi le braccia. Malandrino mi porta un mantello e io, grata, mi avvolgo nel caldo indumento. Ho freddo dappertutto. Le dita delle mani e dei piedi sono gelate.

"Alla prossima volta!" urla Kim. "Fine della comunicazione". La lampada di lava si spegne.

Mi stringo il mantello intorno alle spalle e mi affretto a uscire dal mio studio e ad attraversare i lussureggianti giardini della regina. Mentre esco dalla galleria, la cascata si infrange in lontananza e io mi incammino lungo il corridoio, con il mantello che sventola dietro di me. Le sfere si illuminano al mio passaggio.

La porta dello studio di Bestian è chiusa. Finora ho cercato di non disturbarlo, anche se lui mi sta chiaramente evitando, ma in questo momento non me ne frega niente se la considererà un'intrusione.

"Apri!" abbaio, e la porta si apre come se avessi pronunciato le parole magiche.

Bestian è in piedi, chino sul suo tavolo, a studiare qualcosa, dandomi le spalle. Alla sua vista, il bisogno mi assale. Aspiro a pieni polmoni il suo profumo, ma cerco di dare voce alla mia rabbia: "Quand'è che mi avresti detto che la Morte Rossa si sta diffondendo di nuovo?"

Bestian si raddrizza, ma continua a darmi le spalle. La tensione si irradia dalle linee del suo corpo. "Rose", ringhia.

"Sì. Mi sorprende che ti ricordi di me". Incrocio le braccia sul petto. "È passato così tanto tempo dall'ultima volta che mi hai visto".

"Sono occupato. Non desidero essere disturbato".

"Peccato. Senti, non mi disturba molto che tu ti sia allontanato da me. Dopotutto, è quello che tu fai, no? Nasconderti? Ma non ho tempo per la tua codardia".

"Codardia?", sussurra, con una voce che vibra minacciosa.

"Mi hai sentito. Un uccellino mi ha appena detto che la Morte Rossa si sta diffondendo di nuovo. Se è vero, perché non ne sono stata informata?"

"Non ti riguarda!"

"Non mi riguarda?" Vengo sopraffatta da un forte senso di colpa, che insopportabilmente si mescola con la mia indignazione. Ma. Avrei dovuto prestare più attenzione, essere più diligente nell'assicurarmi che lei stesse bene. Ecco cosa succede quando ci si lascia trascinare in una stupida storia d'amore da favola. "Forse tu vuoi nasconderti qui e fingere che tutto vada bene, ma alcuni di noi non passano tutta la vita a fuggire dalle proprie responsabilità".

Gira leggermente la testa, ma non mi guarda ancora. "Pensi che stia *scappando*?"

"Sì". Attraverso la stanza per raggiungerlo, e parlo direttamente alla sua schiena larga e rigida. "Scappi e ti nascondi come fai sempre".

"Esci!" La sua voce è bassa. Pericolosa.

"Non vado da nessuna parte".

Si irrigidisce e per un attimo penso che stia per ruggire, per far vibrare ogni parete della stanza con la forza della sua autorità soprannaturale, insidiata dall'incantesimo. Invece si gira lentamente e deliberatamente per guardarmi in faccia, rivelando i suoi lineamenti rovinati in tutta la loro nuda gloria: la parte sinistra della mascella e parte della guancia sono lisce e hanno un aspetto principesco; il resto è devastato, con la pelle bucherellata e fusa come se fosse stata tenuta sopra le fiamme.

"È questo che volevi vedere?" ringhia, gli occhi smeraldo che brillano nel suo volto mostruoso. "Sei contenta?"

Vorrei parlare, ma la voce mi ha abbandonato. Mi lecco le labbra. C'è tanta rabbia nella sua espressione contorta. Rabbia e dolore.

"È questo che volevi dimostrare?" Si avvicina a me e mi afferra la parte superiore delle braccia. "Quanto sono rivoltante? Quanto sono indegno del tuo amore? È questo che vuoi che ammetta?" Mi lascia per fare un gesto verso il suo viso. "È vigliaccheria tenerti nascosto questo? Nascondere il fatto che ti sei impegnata con una bestia?"

"Bestian", dico con voce tremula. La mia mano si libra nello spazio tra di noi, a pochi centimetri dalla pelle devastata dall'acido.

Si volta dall'altra parte. "Vai via! Vai e basta. Lasciami".

Finalmente trovo la voce. "È questo che vuoi?"

"È quello che tu preferisci. Te lo leggo in faccia".

La porta dietro di me scricchiola. Malandrino è lì, in attesa, trattenendo il respiro.

"Tu non mi conosci, Bestian. Ed è ovvio che non conosci te stesso. Forse un giorno ti vedrai come ti vedo io. Posso solo sperarlo". Senza dargli la possibilità di rispondere, mi giro ed esco dalla porta aperta.

Lascio la bestia nella sua tana.

20

ROSE

Cammino a grandi passi per il palazzo, con il vento che mi sferza il mantello intorno ai talloni. "Vuole che me ne vada?" mormoro tra me e me. "Va bene. Me ne andrò. Ma non lo abbandonerò".

Mi fermo nella galleria, sotto il ritratto dei genitori di Bestian. "Vostro figlio è un idiota", dico loro. "Ma va bene così. So qual è la cosa giusta per tirarlo fuori da questa situazione. Vado a controllare Ma e gli lascio un po' di spazio per superare il suo..." Agito una mano. "Qualsiasi cosa fosse".

Una sfera fluttua verso di me dall'alcova. La sua superficie riflette una veduta del cottage di Ma.

"No". Agito una mano e la sfera si ferma. "Andrò io a trovarla. Di persona. Mi servirà una borsa o qualcosa del genere. Una borraccia e del cibo, qualcosa di sostanzioso per la discesa. Dei dolci". Mi fermo a mordicchiarmi il labbro. "Immagino che tu possa aiutarmi a trovare qualsiasi altra cosa serva a Ma, giusto?"

Malandrino turbina intorno ai miei capelli, raccogliendoli in delle semplici trecce, dopo l'elaborata pettinatura ingioiellata. Mi rimette la corona, ma io la tolgo e gliela tendo. "Prendila. Tienila in un posto sicuro. Tornerò".

Fuori la giornata è fresca. Mi tiro il mantello sulle spalle. Negli ultimi giorni il caldo è diminuito. I fiori di luna stanno scomparendo.

Malandrino mi raggiunge, lasciandomi cadere una pesante borsa sulle spalle.

"Grazie. Tu vieni, vero?"

Il *sussurro* gioca con le estremità delle mie trecce.

"Bene. Avrò bisogno del tuo aiuto per rompere la barriera magica e poter uscire di qui".

Sono quasi arrivata al muro, quando un boato scuote il palazzo alle mie spalle.

Tempismo perfetto.

Allungo il passo. "Più veloce", mormoro al *sussurro*. "Puoi farmi andare più veloce?"

Al passo successivo, il mio piede atterra su una piatta-forma invisibile. D'istinto, protendo le braccia, ma sono perfettamente in equilibrio: il vento mi sta sollevando. Sotto il piede c'è solo l'aria.

Faccio qualche passo in più, come se stessi salendo delle scale invisibili, e ognuno è reso più lungo dal vento che soffia. Il muro incombe a pochi metri davanti a me.

"Rose", ringhia Bestian.

Faccio un balzo in avanti e mi slancio oltre il muro. Sento un leggero formicolio – deve essere l'incantesimo della barriera – e ho superato la cima, ansimando mentre l'elettricità mi attraversa e danzando lungo il pendio della collina, a sei metri d'altezza.

Porca miseria! Posso volare!

"Rose", ruggisce ancora Bestian, con voce rotta per la disperazione.

Guardo dietro di me e lo vedo volare oltre il muro, al mio inseguimento, con il mantello che ondeggia dietro di lui. Il cappuccio è alzato, ma il volto è scoperto.

Mi batte forte il cuore, vortico a mezz'aria e volo più

veloce. Davanti a me c'è la valle, con il villaggio incastonato all'ombra della collina. Cambiando rotta, procedo a zig zag e mi dirigo verso il rumore delle onde. Al di là della scogliera del castello ci sono onde schiumose e una lunga striscia di mare grigio-azzurro.

C'è una striscia di sabbia tra la scogliera frastagliata e l'acqua. Mi dirigo verso di essa, correndo sulla strada invisibile creata dal vento.

Le grida di Bestian si fanno più forti. Sta guadagnando terreno.

Il re mi ha detto di andar via, ma poi mi ha inseguito. Devo lasciare che mi prenda?

Un'ondata del suo profumo, trasportata dalla brezza, assale i miei sensi. Il mio ventre si contorce in uno scatto di desiderio ormai familiare. Anche quando non sono in estro, lo desidero.

Sono a sei metri dalla sabbia quando si lancia su di me, circondandomi con la sua calda massa. Cadiamo insieme, precipitando in un banco di aria calda. Il vento sotto di noi è più morbido di qualsiasi cuscino.

Bestian si strappa via il mantello e galleggia verso il basso per distendersi sulla sabbia asciutta. Lentamente, il vento ci fa scendere a terra.

Mi dimeno finché non mi ritrovo faccia a faccia con lui. Mi afferra i polsi e mi blocca schiena a terra, coprendomi con il suo enorme corpo. "Rose".

Sono senza fiato, il mio cuore batte forte per l'eccitazione e il desiderio. "Bestian".

"Mi dispiace di averti parlato in quel modo", dice. "Sono uno cretino. Un grande e brutto cretino".

"Non sei brutto", sussurro. "È quello che stavo cercando di dirti".

Emette un sospiro. "Non andartene", mi prega. "Non lasciarmi".

"Non me ne vado, stupido". Avvolgo le gambe intorno a lui. "Sono qui. Sono con te". Libero una mano per toccare la sua guancia sfregiata. "Sono qui".

La sua bocca si abbatte sulla mia, continuando a baciarmi finché non rimango senza fiato e la pulsazione dolorosa del mio clitoride non diventa insopportabile.

"Ti prego", sussurro, "scopami".

Il suo ringhio di risposta mi fa fremere tutta. Appassionati, senza fiato, ci rotoliamo sulla sabbia, tirando i vestiti l'uno dell'altra, mettendoci a nudo quel tanto che basta perché lui possa entrare dentro di me. Per un attimo mi prende il panico, temendo di non riuscire a prenderlo se non sono in estro, ma lui ci va piano. Mi eccita così tanto che sono già bagnata a sufficienza e gemo di piacere quando finalmente scivola dentro di me. Facciamo l'amore senza parole, divorandoci l'un l'altra e, quando raggiungiamo quell'apice vertiginoso, lo facciamo insieme.

Dopo, crolliamo sul mantello di Bestian, ansimando. Sono accoccolata contro il suo petto. Il suo cuore batte sotto la mia guancia. La mia figa è ancora percorsa da piccole scosse di assestamento, ma quel fastidioso senso di insoddisfazione è tornato. Decido di dargli voce.

"Perché non mi reclami?" mormoro. Proprio ora gli ho messo a nudo il collo un'altra volta, e ha ignorato di nuovo la cosa. La sensazione di rifiuto è acuta.

"Non ti reclamerò mai", afferma.

Mi irrigidisco e faccio per allontanarmi, ma lui mi afferra una spalla e mi trattiene.

"Rose, no, non capisci".

Calde lacrime mi bruciano gli occhi. "Se pensi di avere un mucchio di concubine mentre *io sono* la tua regina, puoi..."

"Concubine? Cosa? Di cosa stai parlando? Non lo farei mai. Non ne avrei mai bisogno". Si solleva su di me, posando una mano enorme sul mio petto, sopra la clavicola. Il suo pesante calore mi tranquillizza. "Tu sei l'unica per me".

"Allora perché non legarci per sempre? Il morso non significa che non potrò mai lasciarti? Pensavo che saresti stato d'accordo". Faccio un minuscolo sorriso.

Bestian tace, ma nei suoi occhi c'è un mondo di dolore.

Mi avvicino e traccio con le dita le creste delle sue cicatrici. "È per questo? Perché a me non interessa. Lo giuro".

Sbuffa. "Non è per questo. Non è *solo* per questo", risponde e si allontana, per poi mettersi seduto. "Rose, c'è qualcosa che dovresti sapere".

Mi alzo anch'io e gli salgo in grembo. La sua espressione è distante e mi fa venire voglia di stargli vicino.

"C'è un grande potere nel legame tra due anime", dice Bestian, con gli occhi più grigi che verdi, come l'oceano infinito. "Ma con esso deriva anche un pericolo". Emette un respiro affannoso. "Il motivo per cui non ti rivendico pienamente... ha a che fare con i miei genitori. Come sono morti. Come... li ho uccisi".

Oh, Bestian. Mi faccio coraggio e annuisco. "Dimmi".

"Il giorno in cui sentimmo parlare per la prima volta della Morte Rossa, mio padre fu irremovibile nel volerla fermare. Eravamo tutti studiosi. Avremmo cercato in lungo e in largo una cura. Ma mio padre sapeva che c'era un modo per fermarla all'istante. Una soluzione alternativa".

Bestian si avvicina e tocca una delle mie trecce. Quando Malandrino mi ha fatto i capelli, ha tolto i gioielli, ma sembra che uno gli sia sfuggito. Bestian lo prende e lo gira di qua e di là, facendo baluginare il rosso, il nero e il viola nella luce che si sta affievolendo.

"Ti ho parlato della simbiosi tra i re alfa e la terra. È un potere che loro hanno, quello di legarsi alla terra. Noi non lo comprendiamo, ma mio padre lo studiò per tutta la vita e lo capì meglio di molti altri. Il re ha il potere di trarre forza dalla terra. Ma anche di tirare fuori le maledizioni e guarire la terra prendendole su di sé. Quando la Morte Rossa iniziò a diffondersi, mio padre voleva farlo subito. Ma non lo fece".

"Perché no?"

"Perché io lo fermai. Fu per il mio stupido orgoglio. Non sapevo se attirare la maledizione su di sé lo avrebbe danneggiato. Discussi con lui. Gli dissi che c'era un altro modo. Ero così sicuro...".

Bestian si allontana e fissa lo sguardo sull'acqua. Ha un'aria così smarrita, che gli poggio il palmo della mano sul viso, per riscaldargli la pelle. Per riportarlo a me.

"Ci siamo lanciati nella ricerca di una cura. I giorni e le settimane passavano e la situazione peggiorava. La gente moriva. La mia stessa madre iniziò a manifestare i primi sintomi. Ma *sapevo* di poter trovare la risposta. Potevo risolvere il problema".

"Bestian", mormoro.

Sbatte le palpebre e dice con voce diversa, più da studioso: "Ora sospetto che sia stato il Re di Pietra a lanciare la maledizione. Gli causò un grande danno – c'è una ripercussione, un contraccolpo per queste maledizioni – e credo che, lanciandola, si fosse indebolito e avesse avvelenato la sua terra. Ma all'epoca non lo sapevamo. Così, quando il Re di Pietra inviò un pacco, sostenendo che si trattava di una possibile cura, io lo aprii come avevo fatto con gli altri". Fa una smorfia. "Se fossi stato davvero saggio, avrei ascoltato mio padre, che mi aveva avvertito innumerevoli volte di quanto fosse malvagio il Re di Pietra. Non l'avrei mai aperto. Ma lavoravo giorno e notte, andavo a trovare mia madre malata invece di dormire, studiavo antiche pergamene... Ero disperato. E alla fine fu tutto inutile. Mi rovinai il viso e rischiai di morire. E i miei genitori pagarono il prezzo più alto".

Mi prendo un momento per assorbire tutto. Per pensare. "Hai detto di essere responsabile della loro morte", dico. "Come puoi esserne responsabile, se eri moribondo?"

"Ho lasciato che la mia arroganza e il mio orgoglio avessero la meglio su di me. Non capisci? Per colpa mia, perché ero così sicuro di poter trovare una soluzione migliore, mio padre aspettò ad invertire la maledizione e a prenderla su di sé. A quel punto, gli afflitti si contavano a centinaia di migliaia. L'intero regno stava soffrendo. Mio padre prese tutto questo dentro di sé, ma era troppo. Troppo grande. Lo uccise all'istante e, attraverso di lui, anche mia madre. Morirono entrambi a causa mia".

La mia faccia deve mostrare che non ho capito, perché Bestian continua a spiegare: "Mio padre ha reclamato mia madre nel solito modo. Le loro anime erano legate per sempre. Quando lanciò l'incantesimo per spezzare la maledizione, la prese dentro di sé". La sua voce è appena un sussurro ora, straziata dal dolore. "Non poteva saperlo... ma, quando lo fece, anche mia madre la assorbì, attraverso il legame delle anime". Abbassa la testa, fissando la sabbia. "Li ho uccisi entrambi".

"Non sei stato tu".

"Sono stato io. Mio padre voleva assorbire la maledizione dall'inizio, quando i casi erano poco più di mille. Ma io mi opposi. Gli assicurai che avrei potuto trovare una cura. Trovare un altro modo. Se non avesse aspettato... lui e mia madre sarebbero ancora vivi. Molti altri sarebbero ancora vivi!". Il suo ruggito di angoscia riecheggia sulla parete rocciosa.

Il mio cuore soffre per lui. "Non lo puoi sapere. Non puoi essere certo che non l'avrebbe ucciso comunque. E hai detto che tua madre era già malata. Che stava morendo". Gli prendo la testa tra le mani. "Bestian, ascolta. I tuoi genitori hanno preso le loro decisioni. Sono morti per il loro regno.

Sono morti perché tu e gli altri poteste vivere. Tuo padre ha fatto ciò che riteneva fosse meglio. E così hai fatto tu".

Rimane a lungo in silenzio, con il volto nascosto tra le mani. Quando alza lo sguardo, gli occhi gli brillano. "Spero che ora tu capisca. È per questo che non ti rivendicherò. Potrebbe essere una condanna a morte". Mi stringe le spalle, pungendomi leggermente la pelle con i suoi artigli. "Non posso perderti, Rose. Non ti perderò. Mai".

"Non mi perderai. Sono qui. Non me ne stavo andando per sempre. Volevo solo controllare Ma. E... Ok, una parte di me voleva scappare, così mi avresti inseguito. Il che ha funzionato". Gli sorrido, ma lui è troppo serio per sorridere. Faccio scorrere le dita sulla sua pelle deturpata per tracciare le bellissime labbra di Bestian. "Capisco perché non mi hai reclamata. L'ho chiesto solo perché una parte di me ne ha bisogno... Lo vuole". Trattengo il respiro per un attimo e poi chiedo: "Anche tu provi lo stesso?"

Il suo gemito risuona tra noi due. "Oh, mio piccolo fiore di luna. Non posso descrivere la profondità del mio desiderio di reclamarti come si deve. Va oltre le parole. Ci sono andato vicino tante volte. Ma tengo alla tua vita più che a ogni altra cosa. Meglio vivere come due anime in due corpi, che come un'anima sola e rischiare di morire".

Gli accarezzo i capelli folti e lucidi. "Tieni a me".

"Sì". Sospira e lascia ricadere la sua fronte sulla mia.

"Questo è il Bestian che conosco. Sei un alfa brontolone, ma nel profondo tieni a me".

"Grazie, Rose".

Faccio una pausa. Devo fare la domanda successiva, ma ho paura della risposta: "Con la maledizione che ricomincia a diffondersi ora... sarai in grado di guarire la tua terra? Come ha fatto tuo padre?"

"Non lo so. Mio padre si è sacrificato per il nostro regno. Come ti ho detto prima, mi svegliò quando era chiaro che sarei sopravvissuto all'attacco con l'acido. In piedi accanto al mio letto, mi disse che non mi biasimava. Ero fuori di me per il dolore; deliravo. Disse che mi perdonava". Bestian fa un respiro profondo. "Mi disse che un giorno sarei stato re e che sarebbe arrivato il momento in cui avrei dovuto dimostrare di essere degno di governare. E, quando fosse arrivato quel momento, sapeva che avrei fatto la cosa giusta".

"Aveva ragione", sussurro. "La farai. Tu sei il re".

Rabbrividisco per il freddo improvviso. Bestian aggrotta le sopracciglia e cambia posizione sulla sabbia, così che il vento possa sollevare il suo mantello e avvolgermelo intorno. "Dovremmo andare prima che si alzi la marea", dice.

"Voglio vedere Ma".

Bestian esita. "Subito dopo la tua partenza, ho chiesto ai *sussurri* un rapporto. Mi dispiace dirtelo... ma Ma è malata. Leelah è con lei. Pensava che fosse solo stanchezza, però è possibile che la maledizione si sia di nuovo abbattuta su di lei...".

Oh, no! Per favore, Dio... Mi mordo un labbro, combattendo contro un fiume di emozioni: paura per Ma, tristezza per la maledizione e tutta la devastazione che ha provocato e rabbia verso Bestian per aver aspettato così tanto a dirmelo.

"Mi dispiace molto, Rose", dice. Dagli occhi traspare il suo tormento; sembra esausto.

"Non è colpa tua", lo rassicuro. Sgridarlo ora non risolverebbe nulla. "Ma devo andare da lei, immediatamente".

"Certo". Bestian si alza, mi solleva con la sua solita disinvoltura e mi mette in piedi: "Devi".

Malandrino turbina intorno a me, avvolgendomi in nuovi abiti: pantaloni larghi e morbidi e una tunica, abbastanza robusta per i viaggi.

"Il vento ti porterà direttamente al suo cottage", dice Bestian.

"Grazie". Esito. Vorrei chiedergli di venire con me, ma, dopo tutto quello che mi ha appena detto, andare a trovare Ma sarebbe come vedere i suoi genitori morire di nuovo.

Accantono subito il pensiero. Non voglio pensare alla morte di Ma. Non posso.

"Andrà tutto bene", dico bruscamente. "Andrò a trovarla e, quando starà meglio, tornerò da te". Nel momento in cui finisco la frase, il vento mi solleva. Fluttuo verso l'alto e mi allontano, lasciando Bestian in piedi a testa china, a piedi nudi sulla spiaggia.

"Vai ora, piccola". La sua voce è stanca. Stremata. Spezzata. "Ricordati di me quando i fiori di luna sbocceranno e brilleranno".

Il vento mi riporta al cottage di Ma, posandomi appena fuori dal cancello. "Grazie", sussurro, perché sono stata educata a essere gentile, anche quando sono quasi fuori di me dalla preoccupazione.

È calato il crepuscolo. I rampicanti si ritirano mentre percorro il sentiero. I brillanti fiori di luna illuminano la strada.

Al mio tocco la porta del cottage si apre e vengo accolta dal profumo denso e familiare delle erbe. Il fuoco nel focolare del piano di sotto si è ridotto a pochi tizzoni ardenti e, mentre entro, Malandrino mi passa davanti per accenderlo. "Grazie", gli dico. Altri ceppi, fluttuando, si posano sulla griglia, e il fuoco comincia a scoppiettare allegramente.

"Ma?" La chiamo sommessamente, nel caso stia dormendo. "Sono qui".

Sento dei passi al piano di sopra e, nell'ombra, intravedo una sagoma sul gradino più alto. "Rose?" La voce è più giovane di quella di Ma. Il fuoco si accende e, nell'inondazione di luce che ne consegue, scorgo un volto familiare.

"Leelah. Va tutto bene? Ma è..." Trattengo il respiro, incapace di dirlo. E se fossi arrivata troppo tardi?

"È qui". Leelah indietreggia mentre salgo le scale. "È... Vieni a vedere tu stessa".

Passando, le stringo una spalla.

La camera da letto di Ma è buia, ma Malandrino mi passa accanto, accendendo alcune candele intorno al letto. Il bagliore illumina il volto sparuto di mamma.

Una lancia di ghiaccio percorre la mia spina dorsale. "Ma?"

Le sue palpebre sbattono, ma rimangono chiuse. Mi siedo e le prendo la mano: la sua pelle è calda al tatto. Le labbra sono screpolate. L'eruzione cutanea scarlatta si è diffusa su tutto il viso, ma una macchia sullo zigomo sta diventando grigio cenere.

Un fruscio appena oltre la porta mi dice che Leelah si aggira nel corridoio.

"Cosa le sta succedendo?" chiedo senza distogliere lo sguardo da Ma. "Che cos'è questo?".

"È la maledizione", sussurra Leelah. "Stava molto meglio, pensavo fosse guarita, fino a oggi. Ero in visita e mi è sembrata stanca. Ha detto che sarebbe andata a letto presto. Quando sono venuta a controllarla, aveva la febbre alta. E poi..." Si mette accanto a me. "Vedi quello, sulla guancia? La pelle è diventata dura. Questo accade nelle fasi finali della Morte Rossa. Le vittime... diventano di pietra".

Il terrore mi rende insensibile. "E la medicina che ha mandato il re?"

"L'ha presa tutta".

"Posso averne dell'altra..."

"Anche se ci riuscissi, lei non ne può prendere ancora", dice Leelah con dolcezza. "Non può berla. Non possiamo fare nulla. Ormai non può più guarire, Rose". La sua voce è densa di dolore.

"No", sussurro. "No. Portami dell'altra medicina", ordino a Malandrino. "Portami qualsiasi cosa... qualsiasi cosa in possesso del re che potrebbe servire. Dobbiamo aiutarla!"

Le mie trecce volano all'indietro mentre il *sussurro* mi supera. La finestra si alza verso l'alto e le persiane sferragliano.

"Va tutto bene", dico a Leelah, che si è rintanata in un angolo, con le mani strette al petto. "È solo Malandrino. Uno dei servitori magici del re". Torno da Ma, mi sistemo su uno sgabello e le prendo la mano. "Va tutto bene, Ma. Andrà tutto bene. I soccorsi stanno arrivando".

"Rose?" Leelah chiede con un filo di voce.

"Sì?"

"È vero? Sei tu l'omega scelta nel Patto per la Regina? Hai incontrato il re?"

"Sì, ma ora non è importante. Io sono qui. Sono a casa. Tutto andrà bene".

Vorrei solo essere così sicura come sembro.

21

BESTIAN

Avrei rifatto tutto da capo?

Sì.

Senza pensarci due volte.

Se avessi saputo allora quello che so adesso, mi piace pensare che mi sarei comportato diversamente, ma è facile avere dei rimpianti, quando si guarda al passato.

Rose... il mio piccolo fiore di luna... la mia compagna perfetta e il mio vero amore... è stata presente nella mia vita per un periodo di tempo così breve e frenetico; eppure ha cambiato tutto.

Quando sono rimasto sulla spiaggia a guardarla mentre si allontanava da me fluttuando, ho sperato e pregato che sentisse tutto l'amore che provo per lei. Ero troppo codardo per dichiararlo ad alta voce.

Mi trovo nel mio studio con le mani appoggiate alla scrivania, gli artigli che scavano nel legno, mentre fisso la sfera con uno sguardo acquoso. L'angoscia nel mio petto è così intensa che non riesco a respirare.

Ha promesso di tornare, una volta che avrà sanata la guaritrice, ma entrambi sappiamo la verità: la Morte Rossa è letale. Alcuni si sono salvati quando ho inviato la medicina, ma la possibilità che la sua Ma guarisca dopo una ricaduta... non vale la pena calcolarla. Non vale la pena soffermarsi su questa eventualità.

Rose ritornerebbe mai da me, se lasciassi morire la sua Ma? Mi perdonerebbe mai?

Domande cui non saprò mai dare delle risposte. Non è il caso di pensarci.

In un modo o nell'altro, quel momento sulla spiaggia è stato un addio.

Se sei il re, dovresti fare qualcosa. Il tuo popolo sta morendo... È ora di svegliarsi e aiutarlo.

C'è solo un modo per salvare il mio regno. Il mio popolo. Per riparare a tutti i miei torti.

Sulla mia scrivania c'è un vaso che contiene un singolo fiore di luna appassito. Tocco un petalo e questo fluttua dolcemente nella mia mano.

Sarai in grado di guarire la tua terra? Come ha fatto tuo padre?

I volti dei miei genitori brillano nella sfera accanto al vaso. Gli occhi di mio padre sono intensi, dolenti.

Verrà il momento in cui dovrai dimostrare di essere un re, mi disse tanto tempo fa. Attraverso la nebbia del dolore lo sentii a malapena, ma ora riesco a sentirlo. *Ti conosco, figlio mio. Farai la cosa giusta.*

"Presto", dico a lui e a mia madre. *Presto vi raggiungerò.*

Faccio un respiro profondo e lascio il mio studio. Mi aggiro per il castello e do ai *sussurri* gli ultimi ordini prima di lasciarli liberi per il mondo. In ogni stanza, le finestre e le porte si aprono e, al mio passaggio, i rampicanti si riversano all'interno. È arrivato il momento.

Mi fermo nella sala da ballo ai piedi delle scale, dove Rose si trovava quando ha violato per la prima volta le mie mura ed è entrata nel palazzo. Questo sarà il mio ultimo luogo di riposo. I rampicanti si insinueranno ovunque e corroderanno fino all'ultima pietra. Un giorno, non resterà altro che una landa desolata.

Mi lascio cadere sul gradino più basso, concedendomi un ultimo ricordo di Rose: la sensazione di lei tra le mie braccia; il suo profumo inebriante; la sua pelle liscia; lo sguardo nei suoi bellissimi occhi quando si trovava in cima a questa stessa scala e mi fissava.

Il dolore è così forte, così acuto, che qualsiasi cosa accadrà dopo sarà un benedetto sollievo.

Faccio un respiro profondo ed espiro lentamente. Così facendo, estendo la mia magia – il mio potere e il mio diritto di nascita – oltre i confini del castello. Rilascio la magia del confine, la barriera tra me e il mondo, l'incantesimo che ho fatto quando mi sono svegliato da solo in un castello in cui aleggiavano i fantasmi dei miei genitori.

Il mio regno sta soffrendo. Adesso lo sento. Il dolore si intensifica nel mio corpo, le scintille di fuoco nei miei polpastrelli si diffondono rapidamente. Un gemito si leva nella stanza. L'eruzione cutanea si diffonde rapidamente, una marea scarlatta che avanza sul mio corpo. La maledizione brucia come mille fiamme che mi lambiscono la pelle; eppure il dolore non è nulla in confronto all'agonia del mio cuore.

Sto morendo come ho vissuto: da solo. È meglio così. Almeno Rose se n'è andata, così non dovrà assistere a questo mio ultimo sacrificio. Spero che viva una vita lunga e felice con la guaritrice e che si ricordi di me quando i fiori di luna sboccceranno e brilleranno.

Sotto l'eruzione scarlatta, la mia carne si screpola e diventa grigio cenere. Le dita delle mani e dei piedi si induriscono per prime e gli arti seguono il loro esempio. Non posso fare altro che restarmene seduto mentre il mio corpo si trasforma in pietra. Lo stadio finale della Morte Rossa.

Con una lentezza straziante, la putrefazione si avvicina al mio cuore.

Quanto tempo è passato da quando Rose se n'è andata? Un'ora? Un giorno? Una settimana?

Un'eternità.

Mando una supplica silenziosa a Ulf perché si sbrighi. Perché ponga fine alle mie sofferenze. Non so per quanto tempo ancora potrò sopportare tutto questo; eppure non ho scelta.

Sto subendo lo stesso destino di mio padre. Mi sembra giusto. Vorrei sorridere per l'ironia, ma non riesco più a muovere il viso.

Posso solo sperare che il mio sacrificio non sia vano.

Il re può guarire la sua terra.

Per troppo tempo ho trascurato le mie responsabilità. La mia infinita vergogna e il mio dolore mi hanno tenuto nell'ombra, nascondendomi dalle persone che ero nato per proteggere e guidare. Ora è troppo tardi. Non avrò mai la possibilità di regnare su un regno felice come fece mio padre, ma, per una volta nella mia vita, in questo preciso momento posso essere il re che lui voleva che fossi. Il re che credeva potessi essere.

Il re che Rose crede che io sia.

Presto.

ROSE

Una brezza mi accarezza una guancia, svegliandomi. Malandrino. Sono rimasta sveglia tutta la notte al capezzale di Ma, bagnando la sua fronte febbrile, desiderando che le squame grigio pietra si ritirassero dalla sua pelle. Leelah ha preparato infinite tazze di tè e mescolato tinture fino a non reggersi più in piedi... Alla fine l'ho mandata a casa a dormire. Malandrino ed io abbiamo assunto il controllo: io ho continuato ad assistere Ma mentre il *sussurro* andava a prendere le cose che mi servivano.

A un certo punto devo essere svenuta sullo sgabello, finendo con la faccia schiacciata contro il letto.

Alzo la testa. La finestra è aperta e i rampicanti si sono infilati all'interno. Il bagliore dei fiori di luna si sta spegnendo con l'alba. Le corolle dei fiori scuri si afflosciano e alcuni petali fluttuano vicino al pavimento. Stanno appassendo davanti ai miei occhi.

Qualcosa luccica alla luce della candela: un bagliore di gioielli che brilla tra le lenzuola, a pochi centimetri dalla punta delle mie dita. Mi acciglio e sto per prenderlo, quando la mano di Ma si posa sulla mia.

Gira la testa e le sue labbra si schiudono. "Rose?"

"Ma?"

Strizza gli occhi nella mia direzione. Sono chiari. "Sei tu? Ho sognato..."

"Sono io", riesco a dire, con la gola stretta. "Sono qui". Le stringo leggermente la mano. "Come ti senti?"

Un sorriso le sfiora le labbra. "Sto meglio".

Una tazza di terracotta colma di acqua mi passa davanti e si dirige verso di lei. La aiuto a bere un sorso. La beve tutta con avidità e prende anche la tazza di tè dolce e fumante che Malandrino poi le porta.

"Aiutami ad alzarmi", dice con voce più forte. Mi precipito a sistemare i cuscini dietro di lei. "Sono stata a letto per troppo tempo", mormora, e in quel momento so che starà bene.

Sopraffatta dalla stanchezza e dal sollievo, scoppio in grandi singhiozzi.

"Rose?" Ma sembra allarmata. "Bambina, stai bene? Hai dormito qui tutta la notte?"

"Sì". Mi tampono le guance. "Sto bene, ho solo pensato..."

"Ci vuole ben altro che un po' di febbre per uccidermi".

"Oh, mio Dio..." Trascino un respiro tremante. "Avevo così paura che tu morissi. È stata la maledizione..."

"Che cos'è?" Ma guarda accigliata la trapunta sgualcita. Tira la coperta e ne esce qualcosa di pesante e lucente: una corona.

La mia corona.

"Per Ulf!" Ma ritira la mano di scatto. "Come è arrivata fin qui?"

La prendo dal letto. I brillanti gioielli rosso-neri mi fanno l'occhiolino. "Malandrino deve averla messa nella mia borsa...".

"Salve?" urla qualcuno salendo le scale: Leelah.

"Siamo quassù!" grido. "Ma si è svegliata".

"Grazie a Ulf!" Leelah apre la porta e si fa da parte mentre Malandrino le passa davanti, portando un vassoio con altre tazze di tè e piatti di dolci. Le cade la mascella e indica il vassoio galleggiante.

"È tutto a posto, sono solo dei *sussurri*", le dico, fissando ancora una volta la corona che ho in mano. "I servitori del re di cui ti ho parlato ieri".

"Giusto. Grazie". Leelah accetta la tazza di tè che le porta Malandrino e fa una piccola riverenza. "Sono venuta a dirtelo. La notizia si è diffusa in tutto il regno. La maledizione è scomparsa. La Morte Rossa è passata. Tutti si sono ripresi. Gli abitanti del villaggio ballano per le strade".

"Ne sei sicura?" Le cose stanno accadendo così in fretta che mi gira la testa.

"È un miracolo", dice Leelah.

"Lo è davvero". Ma si raddrizza e prende un dolce. Qualcosa cattura la luce alla base della sua gola.

Leelah sussulta e indica Ma.

"Cosa c'è?" Ma si passa una mano sul davanti. Lo scialle si è aperto, rivelando il collo e la parte superiore del petto. Proprio lì, appena sotto la clavicola, c'è un'enorme impronta di una mano argentata, un'impronta della mano di un alfa. Ma non di un alfa qualsiasi. Riconoscerei quella grande zampa ovunque.

"È stato qui", sussurro. Stringo la corona al petto.

Malandrino tira via la coperta, rivelando una piccola pergamena. La pergamena dorata si srotola davanti al mio viso, e io la afferro per leggerla:

Mia Rose, hai dimenticato questa. Ho mandato un messaggio al Consiglio. Sarai incoronata domani. Il regno accetterà il tuo governo.

Sarai un'ottima regina.

~ Bestian.

Sotto la firma c'è lo schizzo di un fiore di luna e la scritta: *Ricordati di me.*

Scatto in piedi, con il cuore che batte forte. "Devo andare".

"Andare?" Leelah mi guarda stralunata.

"È stato qui". Cerco con gli occhi il mio mantello, e Malandrino comincia ad agitarsi dietro di me, soffiando sulle punte delle mie trecce.

"Chi?" chiede Leelah.

"Il re", risponde Ma. Tra tutti noi, è quella che sembra più calma. "Il re è stato qui".

"Bestian", dico. Un'ondata di calore si diffonde nel mio petto. Malandrino ritorna con tale forza che il grembiule di Leelah le va a sbattere in faccia. Mi solleva le trecce e mi allaccia il mantello.

"Devo andare", dico a Ma. "Devo tornare da lui".

"Certo, bambina". Mi dà una pacca sul braccio. "Vai. Io starò bene".

"Sei sicura?" Le stringo la mano, improvvisamente esitante. "Posso restare".

"Tu lo ami, vero?"

Ho cento scuse sulla punta della lingua: *l'amore non è reale; è un'invenzione per vendere biglietti d'auguri e caramelle di San Valentino e per preservare la ridicola tradizione della famiglia nucleare.* Ma tutto ciò che dico è: "Sì".

Mi stringe forte la mano e mi lascia andare. "Allora va'. Va' a salvarlo".

"Come fai a sapere..." comincio, ma lei mi interrompe, con gli occhi che le brillano.

"La leggenda narra di un'omega che salva il re, giusto? Tu sei l'eroina di questa storia. Va' e salva il tuo re".

"*Va' e salva il re*. Più facile a dirsi che a farsi", mormoro un'ora dopo. Il sudore mi ricopre la schiena e il mio coltello mi fa venire le vesciche sul palmo. Malandrino mi ha portato con facilità fino alla base della collina del castello, ma poi si è fermato bruscamente, facendomi cadere. "Puoi portarmi lassù?" domando, ma lui mi arruffa tristemente la gonna. Allora gli chiedo di procurarmi un buon coltello, prendendolo nella cucina di Ma, e mi metto al lavoro.

Si procede lentamente. L'intrico della natura selvaggia è più fitto di quanto ricordassi: una massa di rovi nodosi e di fiori di luna appassiti. È ancora più difficile da attraversare dell'ultima volta.

"Potete aiutarmi?" chiedo ai *sussurri*. Ne percepisco la presenza qui, alle mie spalle. Tutti, non solo Malandrino. Bestian deve aver ordinato loro di lasciare il castello. Di lasciarlo.

Avverto un dolore acuto nel mio cuore, ma lo ignoro.

Devo rimanere concentrata. Calma. Un enorme crollo emotivo sul ciglio di questa collina non aiuterebbe nessuno.

"Devo andare da lui", dico loro, "e devo farlo in fretta. Posso..."

Aspetta un attimo...

Allungo la mano in modo imperioso. "Fate largo", ordino, e i rampicanti si separano davanti a me, scoprendo il sentiero di pietra dissestato. Chiudo gli occhi ed espando i miei sensi. Di sicuro lo sento aleggiare ai margini della mia coscienza: il potere della terra.

"Portami da lui", ordino, e la terra rotola sotto i miei piedi. "Tornate al castello", ordino ai *sussurri*, e sento fisicamente le catene che li legavano spezzarsi, come tante, piccole scosse elettriche. "Preparatevi".

Cavalcando l'onda del prato e del vento, arrivo alle mura del castello. Il luogo ha un aspetto più inquietante di prima. Come se fossero passati cento anni. Alzo una mano e il cancello si apre di botto, disintegrandosi al mio passaggio.

I giardini sono caotici e pieni di erbacce, niente a che vedere con le aiuole curate di prima. I *sussurri* sfrecciano da una parte e dall'altra, soffiando via foglie e steli dai sentieri, tagliando cespugli e viticci troppo sviluppati.

Guardando in alto, ho un sussulto di sgomento. Davanti a me, i rampicanti sono cresciuti e hanno oltrepassato porte e finestre del palazzo, serpeggiando all'interno e, in alcuni punti, riuscendo a sollevare la pietra. Il tetto e le pareti sono pieni di buchi. I *sussurri* impiegheranno qualche secondo per sistemare il tutto.

"Liberate un sentiero", ordino, e do ai *sussurri* un po' più di energia. Una burrasca mi sfreccia davanti, squarciando il palazzo e demolendolo. Pezzo per pezzo, trave per trave, la struttura viene smantellata. Bestian e io erigeremo un nuovo palazzo, dopo tutto questo.

Se non sono arrivata troppo tardi.

No. Non perderò la speranza.

Raddrizzo le spalle e vado avanti, chiamando il suo nome mentre passo tra le rovine.

Lo trovo in fondo alle scale della sala da ballo, in un letto di fiori di luna marci. Il mio re è disteso sulla schiena, con il viso rivolto verso il cielo. Il suo mantello nasconde quasi interamente il suo corpo, ma ogni lembo di pelle nuda è di un grigio opaco e screziato, invece che di un vivido verde acqua. La maschera è sparita; il volto è privo di espressione, immobile.

Con il cuore in gola, mi inginocchio accanto a lui, presa dal panico quando, per un orribile momento, sembra che non respiri. Appoggio una mano tremante sul suo petto e, dopo qualche straziante secondo, il mio palmo si alza e si abbassa leggermente. Finalmente il mio cuore ricomincia a battere.

"Oh, Bestian, amore mio", sussurro. "Che cosa ti sei fatto?"

22

BESTIAN

In fondo a un corridoio buio, sento un accenno di qualcosa di meraviglioso. Dolce e spiccatamente floreale: il profumo di Rose. Deve essercene ancora un po' sulla mia vestaglia. Invece di confortarmi, rende più acuto il dolore.

Incapace di muovere le labbra per ruggire o urlare, lascio andare un gemito. Questo suono disperato riecheggia nello spazio solitario.

"Bestian?"

O ho le allucinazioni o sono già morto. Ma poi lo sento di nuovo. Più forte, con una nota di panico.

"Bestian?"

Faccio fatica a mettere a fuoco la figura sfocata che procede verso di me. Il suo profumo si fa più intenso, facendomi girare la testa. Cerco di pronunciare il suo nome, ma le mie labbra non collaborano.

"Oh, Bestian, amore mio, che cosa ti sei fatto?"

È inginocchiata accanto a me, con i suoi enormi occhi marroni che brillano e un'espressione di orrore sul suo bellissimo viso. Ulf, vorrei poterla toccare, confortare, rassicurare dicendole che lei non ha fatto nulla. È stata una mia scelta. Il mio sacrificio.

E rifarei tutto. Per il mio regno. Per lei.

"Puoi parlare?" La sua mano è sul mio petto, ma non sento nulla.

Cerco di parlare di nuovo, ma non ci riesco. Non riesco a scuotere la testa.

Accarezza il mio viso devastato con le sue dita lunghe ed eleganti, ma non riesco a sentirne il tocco. Il suo profumo mi sta facendo impazzire. Vorrei che non fosse tornata. Pensavo che non ci fosse niente di peggio che stare senza di lei, ma mi sbagliavo. Vedere e sentire la mia omega angosciata e non poter fare niente per calmarla è infinitamente peggio.

Istintivamente cerco di fare le fusa, ma il suono è strozzato dal mio torace compresso. Non riesco nemmeno a fare questo. Non sono in grado di fare nulla...

... eccetto morire.

Rose

Il suo respiro sibila tra le rigide labbra. Riesco a malapena a distinguere la parola "Rose".

"Sono qui". Gli prendo la mano, accarezzandone la pelle grigia e squamosa.

Emette un gemito stridulo.

"Ce l'hai fatta! Hai salvato tutti gli abitanti del regno. Hai salvato Ma". Appoggio la mia guancia alla sua. Il suo profumo di cedro è contaminato dalla cenere. "È fatta. La maledizione è spezzata".

Dal suo petto proviene un terribile rantolo. Appoggio una mano nello stesso punto in cui lui ha toccato Ma per guarirla.

"Ora sono qui. Non lasciarmi". Chino la testa, desiderando che lui allontani gli effetti della maledizione.

Questo è ciò che successe a suo padre. Lui sapeva che sarebbe successo. Si sacrificò.

Ricordati di me quando i fiori di luna sbocciano e brillano. Ho la pelle d'oca e brividi dappertutto. L'ultima volta che l'ho visto in spiaggia... mi stava dicendo addio.

"Non puoi morire. Non mi hai ancora reclamata. Sono la tua omega, ricordi? E questo fa di te il mio alfa. Siamo fatti l'uno per l'altra!"

Intorno a noi, i *sussurri* stanno smantellando il castello. Grandi pezzi di tetto volano via e la luce penetra all'interno, dorando i lineamenti di Bestian. I raggi del sole sfiorano le guance deformate e le cicatrici deturpanti intorno agli occhi. Il suo viso non è poi così male, in realtà.

Gli stringo la mano, chinandomi su di lui. Le mie lacrime gli bagnano la fronte, per poi scendere lungo il suo viso sfigurato, così bello per me.

"Ho bisogno di te", sussurro. "Voglio che tu torni da me".

Segue una pausa, e sento che il castello intero trattiene il respiro. Ora tutto tace e mi rendo conto che... il rantolo nel suo petto si è placato.

"No. No. No!" urlo. Ho bisogno di medicine, o di magia. Qualcosa. Allungo la mano, freneticamente, per cercare qualsiasi cosa, come se i *sussurri* potessero avere una medicina o qualcosa di efficace. Ma l'unica cosa che ho a portata di mano è un viticcio di fiori di luna. Dovrà bastare.

Trovo una singola spina affilata e la conficco nel palmo della mia mano, tagliandomi la pelle. Stringo i denti per il dolore e lo rifaccio, trafiggendo la mia carne finché il sangue scarlatto non mi cola lungo le dita.

Con la punta dell'indice sfioro le labbra di Bestian. "Vivi. Vivi per me". Mi chino abbastanza da potergli baciare la guancia. "Ti amo".

Un altro secondo di silenzio. La terra trema.

Un vento improvviso e impetuoso ci avvolge, tendendo

le mie trecce all'indietro. Luci scoppiano dietro i miei occhi chiusi. Le mura del palazzo si sgretolano.

Il petto di Bestian si alza e si abbassa di nuovo. Riesco a percepire le sensazioni che prova mentre è intrappolato nel corpo di pietra, desideroso di fare qualcosa. Connettendomi con la mia nuova magia, mi avvicino e tiro fuori la sua anima.

Tutto il dolore di Bestian, tutto il suo desiderio, e il veleno che satura il suo corpo: lo attiro in me. Brucia come il fuoco più rovente, e io ruggisco con la potenza di un alfa, accogliendo il dolore.

Sono grande come l'universo... e posso contenerlo.

Si ode il forte rumore di un'esplosione e subito dopo gli ultimi muri esterni si sgretolano.

Poi tutto diventa nero.

Quando mi risveglio, sono su una superficie calda che sale e scende a un ritmo tranquillo.

Con immenso sforzo, sollevo la testa. Mi sento stremata. "Bestian?"

La crosta grigia sulla sua pelle si sta rompendo e le squame pietrose si sbriciolano in polvere. L'eruzione cutanea scarlatta si ritira, rivelando una pelle sana, color verde acqua con brillanti marchi verdi. I suoi occhi si aprono, e lui trattiene il respiro, stupito. "Rose?"

"Sono qui". Le lacrime mi bruciano gli occhi. "Ti ho reclamato".

Mi posa una mano su una guancia. "Sei venuta per me".

"Sì", dico con voce rotta. C'è qualcosa che si stacca dal mio viso. Mi tocco la guancia e il mio dito viene via macchiato di polvere grigia.

Bestian spalanca gli occhi. "Che cos'è?"

Tossisco. Mi sento la bocca come se fossero passati anni dall'ultima volta che mi sono lavata i denti. "Credo che faccia parte della maledizione".

Si solleva di scatto, tirandomi in grembo. Credo di non dovermi preoccupare della sua guarigione. Mi accarezza dappertutto, muovendo per bene tutti gli arti. "Che cosa è successo? Che cosa hai fatto?"

Mi lecco le labbra, sentendo il sapore del metallo. Sangue? "Ho fatto una cosa. Ti ho reclamato. Credo". Mi strofino di nuovo la guancia, raschiandola con le unghie, tastando il viso. La mia pelle è ricoperta di polvere grigia, ma non ci sono eruzioni cutanee, né squame di pietra. Credo di stare bene. Ma ho un dolore al petto e, quando vado a strofinarlo, Bestian fa la stessa cosa con il proprio.

Ci fissiamo entrambi.

"Lo senti?" mi chiede. Appoggia la mano sul mio petto e io faccio lo stesso con lui. I nostri cuori battono esattamente in sincrono.

"Riesco a sentire le tue emozioni", dico. "Sei... molto stressato".

"Sì".

"Sei vivo. Immagino che il legame abbia funzionato".

"Non avresti dovuto farlo", mi dice, prendendomi il viso. "La tua sicurezza viene prima di tutto".

"A che serve essere regina, se non uso la mia magia?" Poso i palmi delle mani sulle sue guance. "Sei guarito".

"Sì, tu mi hai salvato". La sua voce è roca. I suoi splendidi occhi verdi mi trafiggono l'anima.

"E tu hai salvato Medela. Non c'è più la maledizione. Tutto il regno sta festeggiando".

"Ma..."

"Si è ripresa. Completamente". Passo le dita sulle cicatrici ruvide del suo viso. "Ti sei sacrificato. Grazie".

"L'hai fatto per me". Spazzola via altra cenere dalla mia pelle. "Rose, saresti potuta morire".

"Tu *stavi* morendo", controbatto. "Ma non sei morto. E non morirò nemmeno io".

"Sei così sicura".

"Certo che sono sicura. Sono la regina. Si fa come dico io".

"Omega prepotente".

"Alfa insopportabile".

E ci sorridiamo a vicenda.

Qualcosa starnazza lì vicino: è una lucertola dai colori vivaci, che fa capolino dal fogliame. Subito un *sussurro* soffia dolcemente, scacciando la creatura.

"Ho distrutto il tuo palazzo. Mi dispiace. Ho pensato che avremmo potuto costruirne uno nuovo". Muovo la testa da un lato, allungando il collo, e qualcosa scoppia. Altra polvere mi viene via dalla pelle. "Ma, prima, che ne dici di fare un pisolino?"

23

BESTIAN

LA MIA REGINA si accoccola tra le mie braccia, e io gioisco della sensazione di tenerla stretta, quando non avrei mai pensato di poterlo fare di nuovo. Come ho potuto passare dalla più profonda, abietta miseria a queste vertiginose vette di gioia in così poco tempo?

"Solo un sonnellino", mormora. "Abbiamo tempo".

"Rose". Le tocco i capelli, il viso. Respiro il suo dolce profumo. Un lato del collo mostra ancora le tracce della maledizione. Alcune parti sono squamose e grigie. Ma la crosta si sta staccando, rivelando una pelle sana e liscia.

Mi ha salvato e ci ha legati. In qualche modo, la sua magia ha avuto effetto e ha fatto l'impossibile. Lei ha preso su di sé una parte della maledizione e, insieme, l'abbiamo infranta.

Senza Rose non sarei mai sopravvissuto.

Le devo la vita, un debito che non potrò mai ripagare. Ma intendo trascorrere il resto dei miei giorni facendo tutto il possibile per renderla felice. Per esaudire ogni suo desiderio. Per governare Medela come voleva mio padre, come avrei dovuto fare fin dall'inizio. Sono rinato. Ulf mi ha concesso una seconda possibilità. E io la sfrutterò al meglio.

Non sono ancora del tutto convinto che questo non sia solo un sogno, ma non mi importa se non è reale. Non sono mai stato così felice.

Rose, la mia compagna, la mia omega, è tra le mie braccia. È qui che voglio stare. Per sempre.

~

ROSE

L'intenso profumo di Bestian penetra nella mia coscienza, svegliandomi da un sonno profondo. Una zampa enorme scivola giù a cingermi il sedere, tirandomi con forza contro di lui e facendomi sentire l'impressionante lunghezza rigida del suo membro. Lui emette un ringhio, e il mio corpo reagisce all'istante con uno zampillo di desiderio liquido tra le cosce.

Il clitoride mi fa male e pulsa.

"Rose", ringhia e, nell'attimo in cui separo le labbra per rispondergli, la sua bocca viene a poggiarsi sulla mia, rubandomi le parole e il respiro. Il suo bacio è lungo e affamato. Faccio scorrere una mano lungo il suo collo, sentendo il suo battito contro il mio palmo.

È vivo. Siamo vivi. Ce l'abbiamo fatta.

Si stacca dalle mie labbra e mi fa un sorriso soddisfatto. Sopra le sue spalle, sono sorte le cinque lune. La luce lunare lilla ci avvolge. Siamo ancora nella sala da ballo, ai piedi della scalinata. I *sussurri* hanno eliminato tutti i rampicanti e ricostruito le pareti. Il luogo sembra due volte più grande. File di nuove colonne di onice si susseguono lungo i lati della sala. Ognuna di esse ha un motivo a forma di vite che le serpeggia intorno e che brilla di un viola rossastro.

Al posto del tetto, i *sussurri* hanno creato una barriera invisibile. Ora non c'è nulla tra noi e il vasto cielo notturno.

"Caspita!" sospiro. "Com'è possibile?"

Bestian apre la bocca e io gli accosto un dito alle labbra.

"In realtà, non importa", dico. "Non c'è bisogno di spiegazioni". A volte è bello rilassarsi e godersi la magia.

Il mio compagno inclina la testa e prende il mio dito tra le labbra. Ho un sussulto.

"Bestian...", comincio, ma poi lui mi bacia, mentre i suoi artigli armeggiano sui miei vestiti. Mentre mi strappa via la stoffa, la sua bocca non lascia mai la mia. L'aria profumata della notte fruscia sulla mia pelle nuda.

Sto scottando, con il cuore che mi batte forte nel petto. Il dolore che avverto tra le cosce è squisito.

Bestian ringhia, facendo vibrare tutto il mio corpo. Sa di fumo di falò e di marshmallow. Se non entra presto dentro di me, morirò. Ne sono certa.

Mi solleva sulle sue ginocchia e io lo lascio fare volentieri. Segue una pioggia di baci... sulla mandibola, sul collo, sul pendio del seno. Prende un capezzolo teso tra i suoi denti affilati, lo mordicchia, e il dolore acuto mi fa sussultare. Non so se essere sollevata o delusa, quando rinuncia all'altro capezzolo e continua a scendere... baciandomi le costole, il ventre, l'osso dell'anca.

Il suo artiglio strappa l'ultimo capo d'abbigliamento: i calzoncini di seta da ulfarri. Mi strappa di dosso il delicato tessuto e lo getta via.

I *sussurri* hanno creato un soffice letto di coperte e cuscini sotto di noi, alla base delle scale. Bestian si alza e si toglie il mantello. Si staglia su di me e per un attimo mi si blocca il respiro: è una bestia massiccia e spaventosa, imponente al chiaro di luna.

Ma poi il legame tra di noi prende vita, e percepisco il suo desiderio. Il suo amore.

"Bestian". Allungo una mano, ma lui mi ferma con un comando: "Sta' giù ferma".

È in modalità autoritaria. È attiva. Lo stiamo facendo.

Mi distendo davanti a lui, lasciandolo guardare a sazietà le mie forme nude. Lui brontola la sua approvazione e si appoggia a me.

"Bellissima", dice. Scende lungo il mio corpo, mi accarezza i seni e il ventre finché il mio profumo non mi esce dai pori. Il profumo floreale si fonde con il suo muschio inebriante.

Allargo le gambe senza che me lo chieda, desiderosa che la sua lingua trovi il punto in cui ne ho più bisogno, ma lui mi stuzzica senza pietà, leccando e mordicchiando l'interno di una coscia, per poi risalire lungo l'altra.

"Ti prego", lo imploro, con una voce densa di lussuria. "Ti prego".

"Shhh", sussurra, mentre la punta delle dita si chiude intorno ai capezzoli e li pizzica freneticamente. La mia figa freme.

In silenzio, aspetto, pregando un dio in cui non credo che non mi torturi ancora a lungo. Dopo un tempo interminabile, mi afferra le caviglie con le sue enormi mani e mi allarga le gambe fino a farmi male, prima di piegare la testa e leccarmi, passando dalla figa al clitoride con un'unica, ampia e lenta, passata.

Ho le gambe divaricate al punto che le mie labbra sono già aperte per lui, e Bestian ne approfitta, ripetendo la leccata ancora... e ancora...

È così bello, ma è troppo lento. Ho bisogno di ben altro sul mio clitoride. Comincio a contorcermi nella sua morsa, cercando di muovere i fianchi per portare la sua lingua là dove voglio io.

"Birbante omega", ringhia. "Non muoverti! Resta immobile e lasciami fare".

"Ma..." protesto, anche se le sue parole fanno aumentare il mio desiderio.

"Se continui a dimenarti, mi fermo", mi minaccia.

Di sicuro non lo farebbe... vero? Poi la sua lingua trova di nuovo il clitoride e io grido di piacere.

Sono nuda, vulnerabile, impotente a fare qualsiasi cosa, se non stare qui con questa bestia enorme che mi tiene le gambe divaricate e mi lecca con una precisione incredibilmente lenta, calcolata, straziante.

Sono così vicina a venire che mi tremano le gambe, ma, ogni volta che sto per cadere nel baratro, lui cambia e comincia a leccarmi intorno al punto in cui avrei bisogno lo facesse o mi scopa con la lingua fino a farmi quasi perdere i sensi.

"Cazzo... ti prego!" Urlo, troppo vicina all'orgasmo per preoccuparmi del fatto che lo sto implorando. Mi lascia le caviglie e si alza in piedi. "No, aspetta!" Non può smettere di leccarmi ora. Non può proprio! Non sono ancora venuta!

"Così prepotente. Così bella". I suoi splendidi occhi brillano mentre si strappa di dosso il resto dei vestiti e allunga le braccia verso di me, capovolgendomi fino a farmi sdraiare sulla pancia, per poi divaricarmi ancora una volta le cosce.

Sento la punta enorme e smussata del suo uccello allinearsi al mio buco fradicio, e sussulto, improvvisamente spaventata. Non mi ha mai penetrata senza avermi fatto provare almeno un orgasmo, per sciogliermi un po'. E se non riuscissi a sopportarlo?

"Solleva un po' i fianchi", sussurra e io mi ritrovo a obbedire automaticamente, nel modo in cui rispondo sempre ai suoi comandi. Come se avesse lanciato una specie di incantesimo su di me.

La sua mano serpeggia intorno al mio fianco e trova la mia figa bagnata, allargando le labbra con l'indice e l'anulare e accarezzando il clitoride gonfio e pulsante con il medio. Immediatamente sono di nuovo sull'orlo dell'orgasmo, ma poi lui diminuisce la pressione, dandomi colpi leggeri, appena accennati.

"Prendilo tutto", mi ringhia all'orecchio, rotando i fianchi finché la testa del suo uccello non viene a trovarsi direttamente tra le mie pieghe. "Ecco qui la mia brava ragazza. Sei così stretta... così bagnata... così bella".

Quando entra in me avverto un dolore bruciante nel mio sesso, che mi costringe ad allargarmi all'inverosimile intorno a lui.

"Puoi farcela", mi incita. "Solo un po' di più, un po' più a fondo... Quando sarò completamente dentro, ti darò il sollievo di cui hai disperatamente bisogno".

Ancora una volta, sono colta di sorpresa dalla sua mole mentre mi penetra. Fa male – forse solo perché è grosso, forse perché non ho ancora avuto un orgasmo – ma il dolore è un perfetto contrappunto ai formicolii di piacere che il suo polpastrello suscita nel clitoride.

Sono sdraiata nuda, a faccia in giù sui cuscini, con il sedere all'aria, le ginocchia allargate più di quanto dovrebbero. Lui mi blocca con l'altra mano sulla nuca e io non posso scappare. Non ho altra scelta se non quella di rimanere sdraiata e prenderlo.

Prendere il suo uccello incredibilmente grande e il nodo ancora più grande che seguirà.

Sopportare il dolore che mi sta infliggendo.

E avere l'orgasmo che mi ha promesso, quello che mi ha crudelmente negato per tutto questo tempo.

Come se avesse ascoltato i miei pensieri, Bestian affonda dentro di me con un grugnito di piacere. "Il mio perfetto, piccolo fiore di luna, che è una così brava ragazza", sussurra. "Sei pronta a venire per me? Voglio sentire la tua figa stretta e bagnata che si stringe intorno al mio uccello...". Mentre parla, aumenta la pressione sul clitoride quanto basta, e questa combinazione mi fa precipitare oltre il limite.

Non ho mai provato nulla di simile. Voci gutturali e disumane fuoriescono da me mentre il clitoride sussulta sotto il suo implacabile polpastrello, con ogni spasmo di estasi che inizia proprio lì e si diffonde in tutto il corpo. La mia figa si increspa in modo incontrollato, cercando di contrarsi – però senza riuscirci – intorno alla sua rigida circonferenza.

"Sì", mi incita ancora, "proprio così... Continua a venire per me, tesoro. Rilassati e lascia solo che accada. Non fermarti, non opporti... È una sensazione così bella sentire la tua fighetta calda e umida che si stringe intorno a me in questo modo, che non voglio che si fermi finché non spargerò il mio seme..."

Non ce la faccio più, è troppo, è troppo bello... Non è possibile che io continui a venire finché non verrà lui. Eppure non ho ancora raggiunto l'apice; sto ancora cavalcando l'onda, tutto il mio corpo rigido sotto di lui, tremante, con una parte di me che si chiede come cazzo faccia a far durare un orgasmo così a lungo.

"No, ti prego", mugolo, ma le mie parole sono attutite dai cuscini.

"Ci sono quasi, piccola", mi dice, mentre il suo polpastrello si muove ancora sul clitoride dolorante e ipersensibile. "Senti il nodo?"

Il bruciore ardente del suo nodo che si forma, allargandomi, non fa che aumentare il mio piacere. "Sì", gemo.

"Sono pronto". La sua voce è roca, seducente. Ha il controllo della situazione, mentre io sono fuori di me per l'intensità di questo orgasmo senza fine. "Mi piace che tu sia reattiva. Che continui a venire quando te lo dico io, come una brava bambina. Che mi permetti di usarti per mungere il mio uccello, con la tua figa stretta e bagnata che mi stringe così forte mentre vieni che riesco a malapena a sopportare una tale goduria".

Le sue parole sono così sconce e umilianti che il mio viso

è in fiamme, proprio mentre il livello del mio piacere si alza di un'altra tacca.

La sua mano abbandona la mia nuca. Si china, coprendomi, il suo respiro caldo nel mio orecchio. "Ci siamo quasi, mio fiore di luna, sei quasi pronta..."

Sto per chiedergli per cosa, quando un dolore lancinante e squisito mi attraversa il punto in cui il collo incontra la spalla. Il piacere è così intenso che il mio orgasmo infinito raggiunge l'apice e io ululo sul cuscino, mentre la mia figa spaventosamente larga continua a contrarsi. Con i denti ancora conficcati nella mia carne, Bestian viene con un ruggito soffocato, con il suo membro che sussulta violentemente dentro di me mentre vengo inondata del suo sperma.

Quando finalmente è esausto, si accascia su di me, con il suo corpo enorme e pesante sopra il mio. Accolgo con piacere il tocco della sua pelle, il suo calore che mi avvolge. Mi sento stordita, assonnata e assurdamente felice.

Rimaniamo così per un'eternità, uniti in due punti, con due cuori che battono come uno solo, aspettando che il nostro respiro rallenti.

Una puntura acuta mi strappa dal mio sonno soddisfatto: i denti di Bestian che lasciano il mio collo. Poi avverto una sensazione di bagnato e di formicolio nello stesso punto: sta leccando la ferita.

Per un attimo mi chiedo se sia igienico, ma poi penso: fanculo! È un nerd in queste cose. Senza dubbio sa cosa sta facendo. Così chiudo gli occhi e lascio che le sensazioni piacevoli mi investano.

Quando finalmente parla, la sua voce è tenera: "È fatta, mia dolce Rose. Ti ho reclamata come mia. Eravamo già legati, ma ora siamo legati nell'anima. Uniti... per sempre".

"Ti amo", borbotto nel cuscino. "Credo che tu lo sappia già, ma volevo dirtelo". *Ora che sei di nuovo vivo. Ora che puoi sentirmi.*

"Oh, mio dolce, piccolo fiore di luna", sussurra Bestian, mentre il suo respiro sul mio collo mi fa rabbrividire. "Anch'io ti amo. E ti amerò sempre. Mia omega. Mia regina".

EPILOGO

Un anno dopo...

Rose

Per la prima volta da una vita, le risate della gente riempiono il palazzo. L'intera sala da ballo è illuminata, non dalle sfere, ma da bouquet di fiori di luna posizionati strategicamente. Ogni volta che entra un ospite, sbatte le palpebre e li indica, pieno di stupore.

Ma si avvicina a me, a braccetto con Leelah, che sembra nervosa.

"Ti stai divertendo?" le chiedo.

"Certo", risponde Ma. È radiosa nel suo abito rosa-argento. Ha persino lasciato che Malandrino le acconciasse i capelli.

"Non posso credere di essere nella stessa stanza con *quattro re*", sussurra Leelah, spalancando gli occhi.

"Lo so", dico e saluto Bestian dall'altra parte della stanza. Lui mi fa un sorriso smagliante, e il mio cuore ha un sussulto. Abbiamo dato il via al ballo di mezzanotte con un ricevimento formale, ma tra il benvenuto e il primo ballo abbiamo deciso di mescolarci con gli ospiti.

Bestian è in piedi con un gruppo di re: Khan, il Re Errante, Aurus, il Re d'Oro e il Re Cacciatore. Abbiamo mandato inviti a tutti i re conosciuti, ma non abbiamo ricevuto risposta da tre di essi: il Re dei Demoni, il Re delle Rovine e il Re delle Terre Desolate. Bestian mi ha assicurato che se lo aspettava.

Peccato. Non vedevo l'ora di vedere l'aspetto di tutti loro, ma soprattutto del Re Demone. Una pergamena che ho trovato lo descriveva come un mostro, con corna giganti e pelle viola. Ma probabilmente è un'esagerazione.

D'altra parte, tutto è possibile. Anche la magia.

Ma storce il naso di fronte ai sovrani riuniti. Non è impressionata dalla regalità. È il tipo di persona che si sente a casa ovunque, soprattutto a palazzo.

Ma non ha voluto abbandonare il suo cottage per venire a vivere con noi, ma ci fa visita così spesso che ha una stanza tutta sua. Adora i giardini, ma il nostro posto preferito per trascorrere il tempo insieme è lo studio della regina, dove lei e io passiamo ore a studiare antiche pergamene.

Insieme, abbiamo fondato la Royal Academy delle omega. Finora ci siamo concentrate sullo studio di erbe e rimedi per le omega in gravidanza e in allattamento. Le regine umane-omega ci fanno visita regolarmente per i controlli. Kim è al settimo mese di gravidanza di quella che lei chiama *la prole di Aurus* e, come si evince dal leggero pancione sotto il suo squisito vestito lilla, Emma sta lavorando al bambino numero due.

"Volevo dirtelo" dico a mamma. "Haley ha chiesto di poterci vedere domani. Per un controllo".

"Oh!" Gli occhi di mamma si illuminano. "Qual è Haley?"

Indico le tre regine umane che hanno occupato una

serie di poltroncine nell'angolo. "È quella con i capelli castani e l'abito verde. È la compagna del Re Cacciatore". Nessuno conosce il vero nome del Re Cacciatore. Ho chiesto a Haley come dovremmo chiamarlo, e lei mi ha risposto che lui preferisce chiamarsi semplicemente *Cacciatore*.

Mi piace il Re Cacciatore. È molto silenzioso – non credo di averlo mai sentito dire più di tre parole da quando lo conosco – ma guarda Haley come se fosse il suo mondo. E il suo silenzio è piacevolmente in contrasto con il perenne atteggiamento arrogante di Aurus. Non so come faccia Kim a sopportare il Re d'Oro, ma in fondo anche lei è piuttosto chiassosa. Di certo è in grado di reggere il confronto con lui. Sembrano un'accoppiata perfetta; in realtà, questo si potrebbe dire di tutte e tre le coppie reali. Più le conosco, più ho l'impressione che questo accoppiamento alfa-omega abbia un chiaro vantaggio rispetto alle relazioni sulla Terra.

"Rose!" grida Kim dall'altra parte della sala da ballo. È distesa su una robusta poltrona, con i piedi in alto e un piatto di dolci in equilibrio sul pancione.

"Scusatemi", mormoro a Ma e Leelah e mi dirigo verso le mie colleghe regine, con Malandrino alle calcagna. Il piccolo *sussurro* si è superato per quanto riguarda i capelli e l'abito, ed è tutta la sera che mi segue per sostenere sia l'acconciatura ingioiellata sia lo strascico, in modo che entrambi fluttuino nell'aria senza sforzo.

Emma e Haley mi sorridono dai loro posti sulla poltrona.

Sono quasi arrivata al fianco di Kim, quando il piatto di dolci vola via.

"Porca puttana, hai visto?" grida Kim. "Il bambino ha appena dato un calcio al piatto!"

Le assicuriamo che l'abbiamo visto.

"Accidenti, questo bambino sarà una peste!" dice allegramente. "Ho già detto ad Aurus che dovrà cambiare i pannolini".

"Bene", dico, guardando la sua pancia. "Perché è molto probabile che, entro poche settimane, il bambino sarà più grande di te".

Kim sghignazza e anche Emma, ma Haley si palpa la pancia, con aria allarmata.

"Sto scherzando", la rassicuro.

"Oh, certo", dice lei, lasciando cadere la mano. Ma è tutta la sera che si tocca la pancia. In teoria domani verrà all'appuntamento per un semplice controllo, ma non mi stupirei se il test di gravidanza risultasse positivo.

"Sei bellissima", dice Emma, spalancando gli occhi blu mentre osserva il mio scintillante abito rosso-viola.

"Grazie. Anche tu".

"Come fai a far fluttuare i capelli in quel modo?" mi chiede Kim.

"Magia", mormoro. Malandrino mi scompiglia i ricci alla base del collo.

Un leggero trillo, simile al canto delle lucertole cante-rine, segnala l'inizio della musica. È il momento del primo ballo. Il suono, simile a quello del flauto, si amplifica fino a diventare una maestosa marcia, suonata dai musicisti reali a un'estremità della sala da ballo.

Un brivido mi corre lungo la schiena, seguito da un senso di appagamento. Non ho bisogno di girare la testa per sapere che Bestian è dietro di me.

Mi posa una grande mano sulla schiena, e io assaporo il suo delizioso profumo. "Scusatemi, Vostre Maestà", esordi-sce. "Come padroni di casa, credo che il primo ballo spetti a noi".

Sorrido alle mie amiche e lascio che Bestian mi guidi verso il centro della sala. Mi fa roteare sulla pista da ballo, dove salutiamo i nostri ospiti con un inchino e una riverenza in un movimento coreografico che renderebbe orgogliosi gli amanti delle celebrazioni in pompa magna. Mi tiro su e mi posiziono di fronte a lui, e l'ardore nei suoi occhi mi toglie il fiato.

Non indossa una maschera. So che ne ha una che si abbina al mio abito. Ho anche suggerito di dare un ballo in maschera. Le maschere sono *di moda* ora, da quando Bestian si è avventurato per la prima volta fuori dal palazzo indossando la sua. Tutte le persone alla moda di Medea City le portano per imitare il re.

Quando si è opposto a un ballo in maschera, non ho capito che intendeva dire che si sarebbe anche tolto la sua maschera. Con me non la indossa, ma con gli altri si sente più a suo agio a volto coperto.

Prendo la sua mano tesa e gliela stringo. "Sei bellissimo", dico.

"È quello che stavo per dirti io".

Condividiamo un sorriso.

Intorno a noi, i nostri ospiti ci guardano, ma è facile dimenticarli e far finta che ci siamo solo noi due.

Mi prende tra le braccia e iniziamo a ballare. Guidandomi, esegue i primi passi di danza: un elegante mix di passi tradizionali Medii e delle movenze di un valzer formale in stile terrestre.

Mi attira più vicino a sé, e il vento si solleva sotto i miei piedi.

Sotto di noi, la folla ha un sussulto. Stiamo galleggiando su una piattaforma invisibile, diretti verso il cielo.

E poi ci ritroviamo da soli perché, oltrepassato il soffitto magico, stiamo ora sorvolando il giardino. Io rido.

"Cosa ti diverte?", mi chiede.

"Tu mi fai divertire. Abbiamo invitato un sacco di ospiti, organizzato un ballo sfarzoso e ora stiamo ballando da soli all'aperto".

"Prerogativa del re". Sembra compiaciuto. Ma, attraverso il legame, posso percepire le altre emozioni che sta provando: il suo orgoglio e la consapevolezza della propria potenza; il suo desiderio di proteggermi e la sua adorazione.

Il suo amore.

"Credo che per un po' vada bene", osservo. "Ma poi dobbiamo tornare indietro. Abbiamo delle responsabilità, come padroni di casa".

"Omega prepotente".

"Ti piace".

"Sì. Ulf mi aiuti. Mi piace". E con questo mi fa girare sulla musica delle nostre risate, danzando nell'aria su infiniti campi di fiori di luna luminosi.

Proprio come in una favola.

Vuoi altre entusiasmanti vicende con protagonista un alfaccio ringhioso e dominante?
CLICCA QUI PER PREORDINARE LA STORIA DEL RE DEMONE!

CAPITOLO EXTRA ESCLUSIVO!

Vuoi leggere ancora di Kim e Aurus? Iscriviti alla newsletter di Pianeta dei re QUI (https://geni.us/omegaversefreebieIT) e ricevi come bonus speciale una novella che non è disponibile da nessun'altra parte!

Cosa dai a un re che ha tutto? Kim ha un'idea...

VUOI LEGGERE ANCORA DEL PIANETA DEI RE?

Compagno brutale - La storia di Emma e Khan

Rivendicazione brutale - La storia di Kim e Aurus

Cattura brutale - Haley e il Re cacciatore

Bestia brutale - Rose e il Re delle bestie

Demone Brutale

Un regalo per l'alfa - Brevissima novella bonus con Kim e Aurus, con un cameo di Emma e Khan

Per ricevere la storia gratuitamente, puoi registrarti QUI: https://geni.us/omegaversefreebieIT

ALTRI ROMANZI DI LEE SAVINO

Romanza Fantascienza

Il pianeta dei re con Tabitha Black
Compagno brutale
Rivendicazione brutale
Cattura brutale
Bestia brutale
Demone brutale

Padroni tsenturion con Golden Angel
La prigioniera aliena
Il tributo alieno
Rapimento alieno

Draghi in esilio con Lili Zander
Compagna Draekon
Fuoco Draekon
Cuore Draekon
Rapimento Draekon
Destino Draekon
Figlia dei Draekon
Febbre Draekon
Furfante Draekon
Vacanza Draekon

La Forza Ribelle con Lili Zander
Draekon - Il Guerriero
Draekon - Il Conquistatore
Draekon - Il Pirata
Draekon - Il Condottiero
Draekon - Il Guardiano

Romanzo Paranormale

La saga dei Berserker

Venduta ai Berserker
Accoppiata ai Berserker
Presa dai Berserker
Data ai Berserker
Rivendicata dai Berserker
Salvata dai Berserker
Catturata dai Berserker
Rapita dai Berserker
Legata ai Berserker
Piccoli Berserker
La Notte dei Berserker
Posseduta dai Berserker
Domata dai Berserker
Comandata dai Berserker
Arresa ai Berserker

Ægir: Una storia d'amore con un guerriero Berserker
Siebold: Una storia d'amore con un guerriero Berserker (con Ines Johnson)

Alfa ribelli con Renee Rose
Tentazione Alfa
Pericolo Alfa
Un premio per l'Alfa
Una sfida per l'alfa
Obsession Alfa
Desiderio Alfa
Guerra Alfa
Missione Alfa
Tormento Alfa
Segreto Alfa
La preda dell'Alfa
il sole dell'Alfa
La luna dell'Alfa
Giuramento Alfa
La vendetta dell'Alfa
Fuoco Alfa
Salvataggio Alfa
Ordine Alfa

Sangue Alfa
La vergine e il vampiro

I lupi di Wall Street con Renee Rose
Grande Capo Cattivo: Mezzanotte
Grande Capo Cattivo: Il folle della luna
Grande Capo Cattivo: La marchiata

Romanzi Contemporanei

Le spose della mafia
La vendetta è dolce

Cattivi ragazzi eroi
La bella e i boscaioli
Il mio daddy è un marine
Contesa tra due "paparini"

Mascalzoni di stirpe reale
Il principe scapestrato
La finta fidanzata del futuro re

Hades & Persephone con Stasia Black
Innocenza
Risveglio
La regina della malavita

La schiava del miliardario con Stasia Black
La bestia della Bella
La Bella e le Spine
La Bella e la Rosa

Ranch del sadomaso con Tristan Rivers
La bambina del cowboy
Una ragazza da domare

LEE SAVINO

Lee Savino è un'autrice bestseller di USA Today di storie d'amore smexy, cioè "intelligenti e sexy". La trovi nel Goddess Group, su Facebook, e puoi scaricare gratuitamente un libro su www.leesavino.com!

La trovi su:
www.leesavino.com

Vuoi altri alfa ringhiosi? Da' un'occhiata alla *Saga dei Berserker*. Inizia con *Venduto ai Berserker*.

Ricordati di scaricare il tuo libro gratuito su www. leesavino.com

TABITHA BLACK

Adoro scrivere storie d'amore erotiche con protagonisti uomini perversi, dominanti e affascinanti a cui le eroine non riescono proprio a resistere. E, in realtà, chi può biasimarle?

Ho vissuto in molte parti del mondo, ma attualmente risiedo nel Regno Unito, dove la gente è adorabile ma il tempo... non tanto!

Adoro ricevere posta; quindi, se vuoi inviarmi un messaggio, scrivi all'indirizzo tabitha_black@hotmail.com. Non esitare a iscriverti alla mia newsletter, a seguirmi su BookBub o a unirti ai miei Shameless Readers su Facebook. Grazie per aver letto!

Non perderti questi altri emozionanti libri di Tabitha Black!

Il pianeta dei re - con Lee Savino
Compagno brutale - Libro 1
Rivendicazione brutale - Libro 2
Cattura brutale - Libro 3
Bestia brutale - Libro 4
Demone brutale - Libro 5

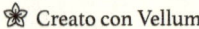 Creato con Vellum